Juana Inés de la Cruz

Der Tangoengel

978-3-933059-07-9

Die deutsche Bibliothek - CIP Kurztitelaufnahme

Der Tangoengel
Juana Inéz de la Cruz

1.Aufl., 2008, FRISCH-TEXTE-Verlag
ISBN 978-3-933059-07-9

2.Auflage 2009

Umschlagentwurf,Layout und Satz: Agentur Steinbökk
Gesamtherstellung: druckfrisch medienzentrum ruhr, herne

ISBN 978-3-933059-07-9

Der Tango*engel*

Die Erinnerungen, die sich den ganzen Tag in der hintersten Schublade seines Gehirns versteckt und still hielten, um ihm die Welt wieder normal erscheinen zu lassen, schlagen in den leicht abgedunkelten Saal ein wie unverhoffte Blitze in einer sternklaren Nacht.

Er kann ihre Haut riechen. Obwohl sie sich möglichst weit von ihm weg an der gegenüberliegenden Seite der Tanzfläche niedergelassen hat, ist ihm, als hörte er sie atmen. Alles, was ihn in der letzten Nacht so tief berührte und verwirrte, ist wieder da. Gefühle, die er lange nicht mehr gespürt hat. Zu alt sei er dafür, hatte er gedacht und denkt es jetzt wieder.

Er hat zu viel erlebt, als dass er an Liebe noch glauben kann. Eigentlich hat er das nie getan. Warum auch? Es war mit ihr ähnlich wie mit Gott. Er bekam sie nie richtig zu fassen und wenn doch, entglitt sie ihm im gleichen Augenblick wieder wie nasse Seife. Nichtsdestotrotz dringt ihr Duft in seine Nase. Oder ist er seit gestern Nacht darin geblieben, hatte sich geweigert, seine neue Heimstatt zu verlassen und seine Herrin nach Hause zu begleiten?

Sie hat einen weiten Bogen um ihn gemacht, als sie ihn in sah. Jeden Samstagabend sitzt er hier am gleichen Tisch in seinem elegantem Anzug und dem grau melierten Haar. Wie hatte sie nur hoffen können, dass er heute nicht erscheint. Die letzte Nacht kommt zurück wie ein Peitschenhieb. Scham kriecht in ihr hoch. Sie kann ihn nicht anschauen, sie will es auch nicht. Sie hatte ihn viel zu weit an sich heran gelassen. So weit, dass er ihr Innerstes nach außen gekehrt, sie völlig wehrlos gemacht hatte.

Ihr ist, als spüre sie seine Hände wieder unter ihrem Kleid. Sie presst unwillkürlich ihre Schenkel zusammen. Er darf das nicht. Jetzt nicht mehr. Sie zieht den Seidenstoff über ihre Knie und streicht ihn glatt. Sie muss sich beruhigen. Ich muss mich beruhigen. Ich will diese Nacht aus meinem Gedächtnis streichen. Ich habe keine andere Wahl. Ich musste weg von ihm, weg aus seiner Wohnung. Wenn ich nicht gegangen wäre, hätte ich früher oder später den Verstand verloren.

Er hätte fast den Verstand verloren, als seine Frau ihn verließ. Statt dessen entscheid er, sich nur noch auf die körperliche Hülle des anderen Geschlechtes zu konzentrieren. Sein Inneres, Seele, Geist, Gedanken, Gefühle, versucht er nicht mehr zu ergründen. Bei seiner Lebensgefährtin hat er es immer und immer wieder probiert und sie doch nie verstanden. Zumindest behauptete sie das bis zum Schluss.

Es war ein langer Weg, bis es ihm wirklich Freude bereitete, den Tango Argentino zu tanzen. Denn er hatte sich in den

Kopf gesetzt, wenigstens dort dem Weiblichen wieder ein Stück näher zu kommen. Zumindest bis zur Haut. Sie scheint ihm real, physisch erreichbar. Sie konnte er berühren. Durch sie konnte er die Weichheit, die Wärme, die so unterschiedliche Festigkeit eines Frauenkörpers spüren. Und die tausend mikroskopisch kleinen Schweißperlen, die sich nach mehreren Tänzen auf ihm sammeln. Sie erregen ihn am meisten. Vielleicht, weil sie das Einzige sind, über das er sich mit ihm verbunden fühlt.

Das Einzige, über das sich ihre Eltern wirklich miteinander verbunden fühlten, schien Musik gewesen zu sein. Sie tanzten gerne und innig danach. Ihre Erinnerungen daran gehen bis in ihre Kindheit zurück. Zur großen Freude der beiden hatte sie sich irgendwann mitbewegt. Als ihr Vater verschwunden war, blieben vor allem die traurigen Melodien, denn die Mutter tröstete sich damit. Ob ihr deswegen die melancholische Seite vieler Tangostücke so gefällt, weiß sie nicht. Ihr besonderer Rhythmus hatte sie jedoch von Anfang an angezogen.

Am liebsten lässt sie sich von den Tangueros führen, die ein gutes Gespür dafür haben. Davon gibt es zu ihrem Leidwesen nur wenige. Die meisten können gerade so eben ihre Schritte in der richtigen Reihenfolge setzen, was sie jedoch nicht davon abhält, sich für großartige Tänzer zu halten. Solche Männer dürfen sie nur da berühren, wo es für den gemeinsamen Tanz unvermeidlich ist. Sie gibt ihren Körper nicht einfach so hin. Im Ernstfall hast du nur ihn, hatte ihr ihre Mutter immer wieder eingeschärft. Im Guten wie im Bösen. Gehe vorsichtig mit ihm um!

Genau das hatte sie letzte Nacht nicht getan. Sie hat sich zum ersten Mal in ihrem Leben gehen lassen. So weit, wie sie es sich in ihren kühnsten Träumen nicht hatte vorstellen können. Die Erinnerung daran überrollte sie erneut. Sie spürt seine Hände ihre Unterschenkel heraufgleiten. Sie öffnen sich unwillkürlich. Seine Finger zerren an ihrem Höschen. Ihr ganzer Körper beginnt zu vibrieren und sie kann nichts dagegen tun. Er entzieht sich ihrer Kontrolle, seit dieser Mann wieder in ihrer Nähe ist. Er will zu ihm, will ihm wieder alles geben.

Die hier versammelten weiblichen Körper geben ihm alles, was er sich wünscht, weil die Frauen, die in ihnen stecken, ihm in angenehmer Weise gleichgültig sind. Bei der Mutter seiner Kinder hatte sich in den letzten elenden Jahren ihres Zusammenlebens sein Desinteresse in manchen Nächten mit Ekel vermischt. Gesagt hatte er es ihr nie. Er wollte ihr nicht weh tun.

Beim Tango kann er solche Abnutzungserscheinungen verhindern, indem er seine Partnerinnen jedes Mal neu auswählt. Natürlich gibt es dabei Wiederholungen, sie haben aber nicht diese niederschmetternde Wirkung, solange er nur die Haut einer Tänzerin an sich heran lässt. Die junge Frau auf der anderen Seite der Tanzfläche hatte diese Barriere gesprengt. Das beunruhigt ihn mehr, als er sich einzugestehen bereit ist. Ihr Geruch ist durch die Nasenhöhlen in sein Gehirn eingedrungen und macht sich dort breit wie ein alter Freund, der jeden Winkel kennt. Ihr Atem schwingt sich langsam zu einem Stöhnen auf, das ihn wie ein akustischer Raubvogel umkreist. Er droht jeden Moment auf ihn herabzustürzen.

Ganz unverhofft war sie am Ende der Nacht aus dem Himmel ihrer Träume in die Realität herabgestürzt. Alles war auf einmal klar gewesen. Erschreckend klar. Es gab keine Zukunft mit diesem Mann. Es durfte keine mit ihm geben. Dieser gemeinsame Schrei von Verstand u n d Gefühl hatte sie aus seiner Wohnung fliehen lassen wie aus einem Gefängnis. Jetzt, wo seine Hände wieder zu ihr sprechen, verhallt er ins Nichts und die Eindeutigkeit ihrer Entscheidung verschwimmt wie die Körperkonturen der Tangueros, die sie besonders gut über das Parkett führen.

In ihren Armen träumt sie sich in eine Welt hinein, in der sie keine Angst hat, sich hinzugeben. Sie fühlt sich dann so sicher und so sehr in der Musik, dass ihr alles um sie herum - einschließlich des Mannes, der das bewirkt - egal wird. Er ist nur noch Impuls- und Haltgeber. Ein warmer, geschlechtsloser Körper, an den sie sich ohne Bedenken anlehnt, von dem sie sich ohne Zögern bewegen lässt. Durch ihn hindurch spürt sie einen anderen Mann, den es nicht gibt, der ihr aber – so hofft sie – irgendwann begegnen wird. Von dem sie nur ein Gefühl, aber kein Bild hat. Den sie anfassen, aber nicht sehen kann. Der sie ganz will, ohne sie zu unterwerfen, dem sie sich dafür freiwillig ergeben würde. Wie gestern Nacht.

Nur dass sie den Mann der letzten Nacht schon kannte, bevor das geschah, und dass sie es sich mit ihm beim besten Willen nicht hätte vorstellen können. Deswegen zählten diese Stunden nicht wirklich, waren eine Art erotischer Traum gewesen. Am Ende sogar ein Alptraum. Einer allerdings, in dem sie sich nicht, wie in so vielen ihrer sexuellen Fantasien, minderwertig vorgekommen war.

Frauen sind ihm nie minderwertig vorgekommen, obwohl sein Vater ihm das immer wieder einzureden versucht hat. Aber sie sind ihm fremd geblieben wie Menschen aus einem anderen Land, dessen Sprache so kompliziert ist, dass er sie einfach nicht erlernen konnte, soviel Mühe er auch aufbringen mochte. Gestern Nacht war es zum ersten Mal in seinem langen Leben anders gewesen. Es gab Momente, in denen er verstanden hat, sie verstanden hat, in denen er zu fühlen glaubte, was sie fühlte.

Sie hat sich ihm offenbart wie ein Tempel, der zum ersten Mal für einen Ungeweihten geöffnet wird. Lange hat er es nicht begriffen, hat an seinen Vorurteilen festgehalten wie ein Ertrinkender. Zu lange vielleicht. Aber sie hat es ihm trotzdem klar gemacht: Die Haut ist nicht die Grenze zwischen dir und mir, ist nicht größte Nähe und Ferne zugleich. Du kannst sie durchdringen, kannst das Land dahinter besuchen. Oder hat er sich das alles nur eingebildet. Das Stöhnen in seinen Ohren schwillt zu einem Orkan an. Der

Vogel ist herabgestürzt, sitzt auf seiner Schulter und schlägt seine Krallen durch den leichten Stoff seines perfekt gebügelten weißen Hemdes hindurch in seine Muskeln.

Ihre Muskeln straffen sich. Ihre Abwehrkräfte wachsen und ihr Körper kommt wieder unter ihre Kontrolle. So folgsam mag sie ihn. Und so durchtrainiert und faltenlos umschlossen von ihrer – den Genen ihrer Eltern sei Dank - immer und überall leicht gebräunten Haut. Sie ist jetzt wieder ihr Schutzschild und ihre stille Waffe, denn je mehr sie davon zeigt, desto größer ist ihre Chance, aufgefordert zu werden. Deswegen ist sie hier. Deswegen sind alle ihre Geschlechtsgenossinnen in diesen Saal gekommen. Ganz oben auf der Liste der guten Tänzer steht frau beim Tango Argentino aber erst, wenn sie nicht nur einen schönen, sondern auch einen hoch beweglichen Körper offeriert. Einen, der fast alle Figuren beherrscht, wenn er nur richtig in sie hinein geführt wird.

Das war nicht nur mit viel Übung, sondern auch mit einer Menge Enttäuschungen verbunden gewesen, zählte bei vielen Männern das Äußere noch mehr als die tänzerischen Qualitäten. Als sie das Spiel durchschaut hatte, entschloss sie sich, die körperlichen Vorteile ihrer Jugend zu nutzen. Ab da zählte allein ihr Vergnügen. Wer das zu steigern in der Lage war, den verwöhnte sie gern, ohne ihm irgendetwas von sich zu geben. Je mehr sie mit ihrer Oberfläche glänzt, desto besser ist sie in der Lage, ihr Inneres zu verbergen.

Gestern Nacht war ihr das jedoch nicht gelungen. Im Gegenteil, sie hatte viel zu viel von ihrem Inneren offenbart. Es ist aus ihr herausgebrochen wie eine Sturzflut. Und sie hätte sich fast in den Mann verliebt, der das bewirkte. Der offensichtlich nicht einmal bemerkt, dass sie hier ist. Oder nur so tut. Aber sie will sich nicht verlieben. Nein, verdammt, ich will nicht! Mit ihren neuen Kräften ist auch ihre Entschlossenheit wieder da, oder war es umgekehrt? Egal! Fast lässig verscheucht sie seine Hände aus ihrem Schoß. Das Vibrieren ihres restlichen Körpers hat endlich aufgehört und sie ist froh darüber. Was soll sie mit einem Mann seines Alters anfangen, einem Mann, der ihr Vater sein könnte.

Dass ihm Frauen in seinem Alter als Tänzerinnen nicht mehr attraktiv erscheinen, ist ihm erst vor kurzem aufgefallen. Es hatte ihn im ersten Moment genauso erschreckt wie die Stimme, die er jetzt so deutlich in seinen Ohren vernimmt. Selbst bei Frauen um die Vierzig akzeptiert er nur noch die „Hardbodies" unter ihnen. Er hat diesen Begriff in einem Roman gelesen und er erscheint ihm äußerst passend für den Typ Tangueras, die wie er durch regelmäßigen Sport und tägliche Fitnessstudiobesuche ihre Leiber stählen, um zumindest körperlich jünger zu wirken. Einigen gelingt das bei dem auf den Milongas üblichem Dämmerlicht so perfekt, dass sie zumindest beim Tanzen mit ihren nachgeborenen Konkurrentinnen mithalten können.

Wirklich berührt haben ihn in der letzten Zeit nur die Tänze mit der jungen Schönheit von gegenüber. Mit der Frau, an deren eindringliche Schreie er sich gerade so sehr erinnert, dass sein Verstand in Stücke zu zerspringen droht. Sie würde ihn auf der Straße sicher keines Blickes gewürdigt haben, aber als Tänzer hat sie ihn offensichtlich von Anfang an geschätzt. Dass er ihren Körper einmal so erleben würde wie gestern Nacht, ist außerhalb seiner in jeder Weise zum Realismus erzogenen Vorstellungskraft gewesen. So viel Hingabe und Leidenschaft ist ihm noch nie entgegengebracht worden. Vielleicht hatte er sich deswegen fast in sie verliebt.

Als sie jedoch so plötzlich und wortlos ging, war dieses Gefühl mit einem Schlag verflogen. Seine Enttäuschung darüber kehrt zurück und vertreibt den Duft ihrer Haut so schnell, als hätte jemand in letzter Minute alle Fenster seines Gedächtnisses weit aufgerissen und frische Luft hinein gelassen. Selbst ihr Stöhnen wird schwächer, verliert sich in einem kaum noch hörbarem phonetischem Rinnsal. Der Vogel hat sich wieder in die Lüfte geschwungen. Oder hat er sich nur auf den freien Stuhl neben ihn gesetzt, um in Ruhe seinen nächsten Angriff vorzubereiten? Woher soll er das wissen.

Jetzt weiß sie, was sie davon abgehalten hat, sich auf den noch freien Stuhl neben ihn zu setzen. Es ist das gleiche beklemmende Gefühl gewesen, aus dem sie sich heraus heute Morgen entschlossen hatte, für einige Zeit dem Tango fernzubleiben. Was sich in ihr festgesetzt hat, nachdem sie ihn verließ. Aber dann ist sie, aus welchem Grunde auch immer, doch wieder ihrer Gewohnheit gefolgt, hat sich zurecht gemacht und ist losgezogen.

Normalerweise genießt sie das Klackern und Klicken ihrer Stilettos auf dem Trottoir. Viele Tangueras ziehen sich ihre Stöckelschuhe erst vor Ort an. Sie trägt sie schon auf dem Weg zum Vergnügen und es ist bislang immer wie ein heimliches Vorspiel gewesen. Heute hatte es einen schalen Beigeschmack gehabt, den sie sich nicht erklären kann. Es fühlte sich einfach nicht mehr so gut an wie sonst.

Ihr hoch geschlitztes und großzügig dekolletiertes Kleid kommt ihr zum ersten Mal in ihrem Tanzleben nicht mehr nur ein-, sondern durchsichtig vor. Bis in ihr Innerstes hinein. Die anderen scheinen sie zu taxieren und ihre Blicke beginnen auf ihrer angespannten Körperhülle zu brennen. Besonders die der Männer. Sie fühlt sich von ihren Augen nicht wie sonst bewundert, sondern ausgezogen. Sie sieht miese kleine Voyeure mit Speichel in den Mundwinkeln.

Wieso hat sie nie wahrgenommen, dass einige von ihnen, egal ob jung oder alt, in immer neuen Runden durch den Saal laufen und sich – bewusst oder unbewusst – die Hände reiben. Wie Menschenhändler aus Vorfreude auf ein gutes Geschäft. So wie sie jetzt mussten sich früher die Sklavinnen gefühlt haben, wenn sie begutachtet wurden, bevor man sie kaufte und mitnahm. Jung genug? Schön genug? Kräftig genug? Fügsam genug?

Zorn steigt in ihr hoch. Ist das hier auch nur ein Fleischmarkt, wenn auch auf höherem, zivilisiertem Niveau? Einer für die gebildeteren Schichten, für Leute, die sich abgrundtief schämen, wenn sie jemand in einem ganz normalen Puff wiedererkennen würde. Die ihre Gier nach Berührung hinter der vornehmen Fassade eleganter Tanzerotik verstecken. Für Frauen, die einsam und für Männer, die bindungsunfähig sind. Die jeden Abend auswählen möchten, weil sie zu einer echten Entscheidung, zu Ausdauer und Treue gar nicht in der Lage sind.

Es ist die allabendliche Auswahl der Tänzerinnen, die ihm besonders gefällt. Jetzt kann er sich wieder darauf konzentrieren. Sie ist eine Art virtuelles Vorspiel, welches die Vorfreude auf das erhöht, was ihm sehr bald geboten werden würde. Je nach Stimmung gehört auch das Risiko dazu, eine Frau aufzufordern, deren Qualitäten er nicht kennt, ja die er, weil niemand anderes diese Tanguera aufforderte, nicht einmal hat tanzen sehen. In der Regel sind solche Frauen schon aus Dankbarkeit besonders hingebungsvoll und lassen einen das auch körperlich spüren. Erst recht, wenn man sie in die entsprechenden Figuren zu führen und sie mehr oder weniger unauffällig, vor allem aber lange darin zu halten weiß.

Hierin ist er nach seiner letzten tänzerischen Fortbildung zum wahren Meister geworden. Es gibt Tangueras, die ihn genau deswegen auffordern bzw. sich gerne von ihm auffordern lassen und die immer wieder genau wissen, bis zu welcher Grenze sie dabei zu gehen bereit sind. Er hat diese seinerseits nie überschritten, weil er sich sicher ist, dass sie dann von ihm lassen würden, dass er dann den für Außenstehende fast unsichtbaren, für die Betroffenen aber nichtsdestoweniger klaren Unterschied zwischen Spiel und Ernst missachtet hätte.

Was wäre, wenn es den Unterschied zwischen Spiel und Ernst, den sie bislang immer so perfekt zu bestimmen geglaubt hat, beim Tango gar nicht gibt? Wenn sie nicht das Spiel, sondern umgekehrt das Spiel sie beherrscht? Vielleicht ist das ja die Wahrheit hinter dem Geschehen der letzten Nacht?

Sie hat auf einmal die Vorstellung eines dieser extra rot angeleuchteten Koteletts in der Auslage einer Gourmetmetzgerei zu sein. In geradezu erbärmlicher Weise fleischig, auf ihre Physis reduziert, appetitlich zurechtgemacht zum Fraß. Sie spürt ihr Geschlecht nicht mehr erregend warm wie gestern Nacht, wie eben noch, als sie die Erinnerung daran überwältigte, sondern wie eine Brennnessel zwischen ihren Beinen. Wie ein Feuer, das sich von unten in ihr Herz hoch frisst und auf diesem Weg jeden Wunsch nach Berührung verbrennt.

Heute Abend will sie nirgendwo angefasst werden! Nicht mal an den Händen! Ihre Brüste tun ihr weh, werden schwer und riesig wie in diesen ekelhaften Sexvideos, die nachts im Fernsehen laufen. Für einen Moment wünscht sie sich eine der oft so bedrückt aussehenden jungen und frommen muslimischen Frauen in ihren weiten Gewändern zu sein. Die Haare bedeckt durch ein Kopftuch. Aber es existiert nur ihr abgrundtief dekolletiertes und gebirgshoch geschlitztes Kleid, das die Blicke der gierigen Augentiere geradezu herausfordert.

Als sie es im Schaufenster entdeckte, hatte sie sich sofort selbst darin gesehen und dabei ihr Geschlecht genauso intensiv gespürt wie jetzt, nur mit entgegengesetzten Vorzeichen. Sie war, wie von einem unsichtbaren Faden gezogen, in den kleinen Laden gegangen. Als sie es in der winzigen Umkleide anprobierte, hatte sie sich bei dem Wunsch ertappt, dass jemand aus Versehen den Vorhang beiseite schieben und ihr für einen Moment zusehen würde.

Manchmal ging es ihr genauso, wenn sie zu Hause neue Dessous anprobierte. Sie wusste in solchen Momenten nicht, ob es am Spiegel lag oder an etwas, was in ihr selbst steckte, oder an beidem. Seit gestern Nacht allerdings gibt es keinen Zweifel mehr. Es steckt tief in ihr und der Mann, der ihre Blicke immer noch mied, hatte es aus ihr hervor geholt wie ein Zauberer das Kaninchen aus dem Hut. Zärtlich, aber auch gnadenlos systematisch. Es war ihr eigenes Bild, das sie so erregt , mit dem sie in der letzten Nacht ein so wildes und hemmungsloses Spiel gespielt hatte.

Er mag die Tangotänzerinnen besonders, die wissen, mit sich

selbst oder besser mit dem Bild von sich selbst zu spielen. Kleidung, Schminke, Frisur und Schmuck sind für ihn nichts anderes als eine zweite Haut. Sie verdoppeln die sinnliche Begegnung, indem sie dem Körper eine besondere Note geben, ihn als mehr erscheinen lassen, als er ist. Auch seine Frau war nach den Kindern etwas unförmiger geworden, aber nicht so, dass ein schickes Kleid oder ein Dessous es nicht hätte ohne viel Aufwand kaschieren können.

Damals war er nicht mehr bereit gewesen, sich auf diese kleinen Lügen einzulassen, hatte seinen Körper viel eher als sie den ihrigen vernachlässigt, weil er meinte, dass er sich das als Mann erlauben könnte. Er wäre einfach nur realistischer als sie, hatte er oft gesagt. Dabei war dieser Realismus in Wirklichkeit nur eine Ausrede für das weniger an Mühe, das er sich gegeben hatte.

Am Anfang ihrer Beziehung hatte er oft und lange vor dem Spiegel gestanden. Geschämt hatte er sich dafür und seine Kumpels hatten ihn gehänselt. Aber er wollte schön sein. Schön für diese Frau, die er so liebte oder zumindest zu lieben glaubte. Er wollte schlanker wirken als er war, er wollte angenehmer duften als sonst, er wollte absolut glatt rasiert sein, damit sie gerne ihre Wangen an die seinigen schmiegte. Für seine Tänzerinnen tut er das wieder. Jetzt achtet er wieder darauf, dass sein Körper fit bleibt und seine Muskeln regelmäßig im Schweiß glänzen.

Schweiß beginnt auf ihren Muskeln zu glänzen. Er strömt unaufhaltsam aus ihrer Haut. Wie bei den überlangen, hingebungsvollen Reigen mit den besonders einfühlsamen Tänzern. Die, die sie mit i h m gestern Nacht bis zum Äußersten getrieben hat. Nur dass es sich jetzt nicht um den herrlich animalischen Ausguss ihres exaltierten Körpers handelt, sondern das pure Grauen diesen öligen Film erzeugt. Darunter richten sich Tausende kurze, fast unsichtbare Härchen zu einer Gänsehaut auf.

Wo ist sie hier? Was macht sie hier? Wer sind die Menschen um sie herum? Wie arm muss sie dran sein, wenn sie hier Woche um Woche auftaucht, um sich von irgendjemandem, der ihr bei näherer Betrachtung rein gar nichts bedeutet, umarmen zu lassen. Immer wieder zu immer derselben Musik.

Sie sieht sich wieder vor dem Spiegel in seiner Wohnung stehen. Nackt, tanzend und eins mit sich selbst. Sie spürt noch einmal seinen gierigen Blick, aber dieses Mal zeigt er nicht dieselbe Wirkung. Er lässt sie nicht heiß, sondern eiskalt werden. Wie einen geübten Scharfschützen, bevor er den Abzug ganz durchdrückt. Am liebsten möchte sie an seinen Tisch gehen und ihn kühl und überlegen zur Rede stellen:

„Wenn das alles hier nur ein Spiel ist, dann ist es ein Scheißspiel, mein Freund! Die Wahrheit ist, dass ich dir gar nichts bedeute. Du hast mich einfach nur ausgenutzt! Du hast mit meinen geheimen Wünschen und Hoffnungen gespielt und ich habe es viel zu spät gemerkt!“ Ihre Au-

gen suchen krampfhaft die seinigen. Ihre innere Stimme wird lauter und heftiger: „Du bist auch nur einer dieser gnadenlosen Abzocker auf diesem Fleischmarkt! Aber ich werde ab jetzt nicht mehr dazugehören!“

Es sieht so aus, als schaue sie ihn an, als rufe sie ihm etwas zu. Nur dass sich ihre Lippen nicht bewegen. Im Gegenteil, ihr Mund ist fest geschlossen, wirkt zusammengepresst und ein wenig verzerrt. Am liebsten würde er aufstehen und zu ihr gehen. Er ist ihr eine Erklärung schuldig. Aber er kommt nicht hoch. Er traut sich nicht, das zu sagen, was ihm auf der Zunge liegt.

Dass er sich manchmal wie ein Hochstapler vorkommt. Einer, der die Blindheit der anderen ausnutzt. Auch nach der letzten Nacht. Dass er sich fast in sie verliebt hat. Dass sie nicht bis zum nächsten Morgen geblieben ist, weil sie genau wusste, was sie wollte. Einfach nur ihre Fantasien ausleben. Nicht mehr und nicht weniger. Dass sie sonst nicht dort sitzen würde, als wäre gar nichts zwischen ihnen geschehen. Dass sie sich stattdessen einfach neben ihn gesetzt und ihn geküsst hätte.

Hätte sie sich einfach nur zu ihm setzen und ihn küssen sollen? Wo diese Frage plötzlich herkommt, ist ihr rätselhaft. Sie spürt seine Fingerspitzen. Sie kreisen um ihren Bauchnabel. Für einen Moment scheint es ihr, als habe er sie angesehen. Nein, er schaut immer noch konsequent an ihr vorbei, als sei sie gar nicht hier. Wie kann er nur so kühl und abweisend sein. Warum schaust du mich nicht an? Du hast es doch die ganze

Nacht getan! Jede Sekunde dieser verrückten Zeit!

Die zärtliche Hand auf ihrem Unterleib formt sich ganz plötzlich zu einer Faust und rammt sich in ihren Magen. Sie fühlt sich niedergeschlagen wie ein Boxer, der sich vor dem Kampf als sicheren Sieger gesehen hat. Dieser Mann war ihr von Anfang an haushoch überlegen gewesen. Er hatte sie in die Falle gelockt und tut jetzt so, als sei gar nichts geschehen. Gepflegt wie immer, cool wie immer, allein wie immer. Was sie so aufgewühlt hat, ist an ihm spurlos vorübergegangen. Wie hatte sie nur so dämlich sein können, auf sein Angebot einzugehen. Sie will weg, aufstehen und gehen, sofort! Wie gestern Nacht. Aber irgendetwas lässt sie an ihrem Stuhl kleben wie ein Kaugummi auf dem rauen Pflaster einer Fußgängerzone.

Ist es die anheimelnde Musik, das warmherzige Ambiente? Sind es die sich friedlich drehenden Paare auf der Tanzfläche, eingehüllt von leisen Gesprächen und dem schabenden Geräusch der Schuhe? Ist es diese scheinbare Harmonie, die sie hier festhält? Oder nur die Leere der Wohnung, die sie zu Hause erwartet? Normalerweise genießt sie es, alleine heimzukommen und alleine zu Bett zu gehen. Nach diesen langen Tangonächten hat sie von der Nähe der Menschen genug. Nicht mal einen freudig winselnden Hund würde sie an ihrer Türschwelle ertragen können. Heute Nacht wäre sie froh, wenn es wenigstens den gäbe, er einfach nur da wäre und sie ihm wortlos das Fell kraulen könnte. Ihm bräuchte sie nichts zu erklären.

Nein, er braucht ihr nichts zu erklären. Ich brauche dir nichts zu erklären. Wenn wir ehrlich sind, gibt es nichts mehr zwischen uns zu sagen. Wir sind quitt. Ich habe dich in der letzten Nacht zu grandiosen Orgasmen gebracht und du hast mir dafür deine straffe Haut und dein knackiges rundes Fleisch geschenkt. Wer weiß, wie du dich jetzt fühlen würdest, wenn du geblieben wärst. Wenn du mit mir ausgeschlafen und gefrühstückt hättest. Wenn wir danach spazieren gegangen wären und du mir stundenlang über dein Leben erzählt hättest.

Du hast es nicht gewollt. Sie hat es offensichtlich nicht gewollt und sie hat sicher ihre Gründe dafür. Gute Gründe, denn bei Tageslicht ist sein Alter nicht mehr zu verbergen. Erst recht nicht nach einer solchen Nacht. Er hat plötzlich keine Freude mehr am Auswählen, will heute Abend nicht mehr tanzen, will früher als gewöhnlich gehen und die kommenden Abende ganz für sich alleine haben. Ohne Gesellschaft, ohne Menschen, die etwas von ihm erwarten. Von denen er etwas erwartet. Die Trauer ist im Anmarsch und mit ihr ist er lieber allein.

Wer sollte sie ihm auch nehmen? Wer hätte die Kraft und die Ausdauer dazu? Wer könnte so lange mit ihm schweigen? Wer könnte es so lange neben ihm aushalten, ohne von ihm berührt zu werden? Er kann niemanden anfassen, wenn er traurig ist. Er kann sich nicht einmal streicheln lassen. Er kann auch nicht sprechen, wenn er traurig ist. Schon gar nicht darüber, wieso er es ist. Er kann nur das tun, was das tägliche Leben ihm unbedingt abverlangt. Wie ein Roboter, der Worte versteht und Fragen automatisch beantwortet. Bis wieder richtiges Blut in seinen Adern fließt, er wieder warm und lebendig wird, wieder etwas zu sagen hat. Vielleicht verschont ihn diese dunkle Macht dieses Mal. Manchmal machte sie das. Aus für ihn völlig unerfindlichen Gründen. Möglicherweise weil er etwas Ungewöhnliches tat. Etwas, mit dem sie nicht gerechnet hatte. Er weiß im Nachhinein nie genau, was sie zurückschrecken oder gnädig sein ließ. Die Trauer ist für ihn ein äußerst unberechenbarer Geselle.

Die Trauer gesellt sich zu ihrer Niedergeschlagenheit wie eine gute Freundin, die zugleich ihre größte Feindin ist. Gegen ihre zerstörerische Kraft ist ihr Stolz immer schon machtlos gewesen. Alles, was sie am Tango und speziell an dieser Milonga geschätzt hat, die Eleganz, die Erotik, die Wärme, löst sich vor ihren Augen auf. Die Schminke der Frauen zerfließt, die aufrechten Rücken der Männer krümmen sich, die Schritte kratzen auf dem Parkett wie die ausgefahrenen Krallen einer Raubkatze.

Nicht nur, dass die Männer hier im Saal ihr völlig gleichgültig geworden sind. Sie erscheinen ihr auch über die Maßen unattraktiv. Selbst die Jüngeren. In der Mehrzahl ohne Aura und Ausstrahlung. Männer, die sie außerhalb dieser Milonga keines Blickes gewürdigt hätte. Selbst der Mann von gestern Nacht kommt ihr plötzlich so nichtssagend und durchschnittlich vor. Und so arrogant.

Obwohl seine Blicke die ihrigen systematisch meiden, zeigen sie deutlich die Kälte dessen, der auswählen kann. Es ist die Ausschau des kleinen Königs über sein Reich, zu dem sie seit einiger Zeit offensichtlich auch gehört. Sie ist nie die Auserwählte, nie die Einzige gewesen, als die sie sich so oft in seinen Armen gefühlt hat. Sie ist nicht mehr und nicht weniger als ein Teil seines kleinen Harems, eine seiner Tangomätressen, die ihm, wenn er es will, zu Diensten ist. Zu Diensten war! Ich werde es nämlich nie mehr sein! Nicht diesem eingebildeten alten Hund! Warum hat er mich gestern Nacht einen Engel genannt? Warum hatte es so unglaublich echt geklungen?

Sie hatte so unglaublich echt geklungen. Der verdammte Vogel ist wieder auf seiner Schulter und mit ihm ihr Stöhnen und ihr Winseln von gestern Nacht. So echt, dass er es nie mehr vergessen wird. So echt, dass es etwas Unwirkliches hatte. Wie bei einer großartigen Schauspielerin, bei der man erst Stunden nach dem Film begreift, dass alles letztlich doch Fiktion ist. Sie ist völlig in ihrer Rolle aufgegangen, ohne auch nur eine Sekunde zu vergessen, dass es ein Spiel ist. Nur ein Engel ist dazu in der Lage, nur jemand, der nicht von dieser Welt ist.

Er hatte recht, als er sie letzte Nacht so nannte. Sie war ein Engel. Sie ist ein Engel. Er muss raus aus diesem verdammten Film. Es wird höchste Zeit! Vergiss es! Drück endlich die Stopptaste! Aus einem Bilderbuch kommen nur Bilder. Sie können dich tief berühren, aber sie bleiben unwirklich. Sie verschwinden mit den Imaginationen, sie verflüchtigen sich, wenn man das Buch zuschlägt. Und genau das werde ich jetzt tun! Und ich werde es nie wieder öffnen, denn es gibt keine Engel! Nicht in dieser Welt!

Ihr ist, als hätte sie gestern Nacht ein Buch geöffnet. Ein faszinierendes und erschreckendes Buch. Eins, das nur ein einziges Bild beinhaltet: Das Gesicht ihres Vaters. Es steigt in ihr auf wie der Geist aus der Flasche. Dieses Buch hätte sie gar nicht erst anrühren dürfen. Aus dem Bild wird eine Gestalt. Sie bewegt sich blitzartig auf sie zu, dann durch sie hindurch und bleibt hinter ihr stehen.

Zwei Hände greifen ihr an die Gurgel wie zwei Schraubstöcke. Tränen laufen auf ihrem nackten Rücken herunter. Heiß wie Lavaströme, die nicht enden wollen. Die erneut aus ihrem Inneren hervorbrechen, als sei sie selbst der Vulkan. Aber sie gehören zu jemand anderem, sind fremde Rinnsale tiefer Trauer, die sich über ihre Schultern ergießen. Es müssen die Tränen ihres Vaters sein. Die, die er seit den Jahren ihrer Trennung vergossen hat. Die, die nie aus ihren Augen flossen, weil sie nur so die Zeit ohne ihn überstehen konnte. Die, die gestern Nacht immer wieder über ihre Wangen rannen, ohne dass sie wusste, woher sie stammten.

Was der Tango auch immer für sie gewesen ist, Trost, Ablenkung, Ersatz, Hoffnung, in diesem Moment zerbricht alles in tausend Stücke. In ihr und um sie herum. Dieses Gebäude aus Selbstbetrug und Verdrängung zerfällt unter dem salzigen Strom, der ihren ganzen Körper umspült. Die beiden Hände halten jetzt statt ihres Halses einen riesigen Vorschlaghammer, um mit wütendgewaltigen Schlägen das, was davon übrig geblieben ist, auf immer zu Schutt zu machen. Die Gestalt, die zu ihnen gehört, verwandelt sich in einen seltsam schimmernden Schriftzug, der wie ein Menetekel über den Trümmern steht: Ich will mich nicht mehr belügen.

Er weiß, dass er sich beim Tango belügen muss. Er wusste es von Anfang an. Das gehört für ihn dazu. Eigentlich ist es auch kein Lügen, sondern mehr ein Fantasieren. Absichtlich und zeitlich begrenzt wie eine wohldosierte Bewusstseinserweiterung, eine steuerbare Droge. Echte Gefühle, ernsthafte Gedanken würden ihn in dieser Scheinwelt nur stören, würden ihn wieder in die Realität zurückführen, und das ist nicht der Sinn der Sache. Nicht für ihn. Er weiß immer genau, wann und wo die Irrealität anfängt und an welcher Stelle und zu welchem Zeitpunkt sie wieder aufhört. Dieses Mal hat es zwar länger als sonst gedauert, aber er hat noch die Kurve zurück in die Wirklichkeit gekriegt.

Der Tango ist ein Kosmos mit einer eigenen Atmosphäre, ein

geschlossenes System, das sich nur auf sich selbst bezieht. Wer sich darin verliert, ist selbst verloren, denn nirgendwo sind Schein und Sein so eng miteinander verwoben. Deswegen bin ich hier ganz besonders auf der Hut, habe mir einen Schutzwall gegen gefährliche Illusionen und unnötige Enttäuschungen gebaut. Er ist gestern Nacht zwar gesprengt worden, aber ich habe es geschafft ihn wieder aufzurichten. Stärker und größer als zuvor.

Sie schafft es, sich aufzurichten und in Richtung Tür zu gehen. Der Mann von gestern Nacht sieht so aus, als sei er froh darüber. Sie schwankt ein wenig, aber das scheinen weder er noch die anderen hier zu merken. Sie will das auch nicht. Sie will nur noch hier raus. Es kommt ihr vor, als hätte jemand begonnen, den Sauerstoff aus diesem Raum zu saugen. Sie hört ihren hechelnden Atem. Sie reißt sich zusammen, bewegt sich aufrecht, fast steif.

Ihre Schuhe kommen ihr auf einmal so hoch vor, dass sie sich einen Fallschirm auf dem Rücken wünscht, wenn sie den Halt verlieren sollte. Sie stolpert über ein paar abgewetzte Straßenschuhe, die einer der Tangueros nach dem Wechsel in seine weichen Tanzsneakers im Gang vergessen hat. An irgendjemandem hält sie sich fest, um sich gleich wieder von ihm loszureißen. Sie hastet die Treppe zur Straße hinunter, saugt wie eine Ertrinkende die Luft ein und beginnt zu rennen.

Er kann sich nicht erklären, wieso sie so plötzlich den Saal verlassen hat, aber er war mehr als froh darüber. Ihn zu verführen, hatte sie nie versucht, hatte nie den schmalen Grat ihrer körperlichen Innigkeit in die falsche Richtung verlassen. Aber sie war ihm trotzdem näher gekommen, als er es je für möglich gehalten hätte. Ohne dass er es merkte, hatte sie sein Abwehrsystem nicht nur in Frage gestellt, sondern unter Dauerbeschuss genommen. Bis ihre explodierende Leidenschaft die von ihm selbst so mühevoll errichtete und so perfekt vor Enttäuschungen schützende Mauer aus Erfahrungssattheit, instinktiver Skepsis und tief sitzenden Distanzbedürfnissen soweit demoliert hatte, dass sie fast eingestürzt wäre.

Der Feldherrenhügel, von dem sie aus operierte, war nichts anderes als das seltsame Vertrauen, das in dieser tiefen Harmonie des Tanzens zwischen ihnen entstanden war. Er muss sich eingestehen, dass er heute Abend zum ersten Mal Angst hatte, mit ihr zu tanzen. Angst davor, dass ihn durch ihre Berührung all diese unkontrollierbaren Gefühle der letzten Nacht wieder übermannen könnten. Dass das Stakkato der Erinnerungen seine neu errichtete Mauer mit ohrenbetäubendem Lärm ein zweites Mal zusammenstürzen lassen würde.

Das Stakkato ihrer Pfennigabsätze macht einen ohrenbetäubenden Lärm. Bei jedem Schritt ist ihr, als triebe sie jemand mit einer Pistole im Anschlag vor sich her, als renne sie um ihr Leben. Erneut durchtränkt heißer und dieses Mal echter Schweiß ihr Kleid. Sie läuft weiter, bis ihre Kraft nachlässt. Und ihre Angst.

Sie fällt ins Schritttempo zurück, atmet langsamer und beruhigt sich. Sie ist wieder ganz bei sich. Sie verflucht die letzte Nacht. Sie verflucht den Mann, der sie in sie hinein gelockt hat. Sie verflucht alle Männer. Sie reißt sich ihre Pumps von den Füßen, wirft sie in die nächsten Büsche und geht ohne sie weiter. Hinein in die Nacht. Immer tiefer. Sie kennt das. Sie wird da wieder rauskommen. Sie ist sich ganz sicher. Nichts hat sie bisher unterkriegen können. Nichts und niemand. Warum sollte es dieses Mal passieren.

Plötzlich spürt sie eine Hand in ihrer Hand. Eine sanfte, feingliedrige, aber zupackende Hand. Wie die eines alten guten Freundes, der aus dem Nichts auftaucht. Wie die Hand ihres Vaters, die sie gerne ergriff, wenn sie sich als kleines Kind unsicher fühlte. Sie merkt, dass ihr Flügel wachsen. Wie gestern Nacht. Sie werden groß wie die eines Steinadlers und sie kann sie auf und ab bewegen. Immer heftiger, immer schneller. Sie hebt ab. Sie lächelt, während ihr Tränen die Wangen hinunterlaufen und die Stadt unter ihr im Nebel verschwindet. Jetzt hat sie keine Furcht mehr vor der Erinnerung an die letzte Nacht und daran, wie alles begann.

Seitdem sie gegangen ist und sein Verstand wieder die Oberhand hat, kann er sich endlich zurücklehnen und der Erinnerung freien Lauf lassen, ohne von ihr überwältigt zu werden. Vor ungefähr einer Woche bei ihrem letzten gemeinsamen Treffen in dieser Milonga hatte er sie, bevor sie den Saal verließ, ohne Umschweife gefragt, ob sie bereit wäre, mit ihm ganz allein und ohne Zuschauer zu tanzen. Bei ihm zu Hause, hatte er nachgeschoben, weil sie so aussah, als verstünde sie ihn nicht.

Die Sätze waren einfach aus ihm herausgesprudelt und er konnte und wollte sie, obwohl ihm leichte Schamesröte im Gesicht stand, nicht mehr zurücknehmen. Nachdem sie klar und deutlich zugesagt hatte, versuchte er zu lächeln. Er brauchte einige Zeit, um sich zu fangen. Er stotterte, als er ihr seine Adresse gab und die Bitte herauspresste, dass sie darüber schweigen solle. Sie gab ihm ihre Handynummer und ging, ohne ihm die üblichen Wangenküsse zu verabreichen.

Er brauchte einige Tage, um zu begreifen, was er getan hatte. Je mehr er nachdachte, umso weniger war er in der Lage, sich für diese neue Art ihrer tänzerischen Begegnung zu präparieren. Er hatte sich entschlossen, sich ganz auf seinen Instinkt und seine Erfahrung zu verlassen, und natürlich hatte er einige Vorkehrungen in seiner Wohnung getroffen, um das äußere Ambiente stimmig zu machen. Innerlich war er dagegen bis zur letzten Minute unvorbereitet geblieben. Woher sollte er auch wissen, was ihn erwartet. Er hatte so etwas noch nie zuvor gemacht.

Sie hatte alles genau durchdacht. Geradezu generalstabsmäßig. Al-

lerdings erst, nachdem sie sich ganz klar darüber geworden war, was sie wollte. Zu ihrer Überraschung war das unglaublich schnell gegangen. Der Wunsch, einmal so hemmungslos zu tanzen, wie sie sich es bei den vielen erotischen Bildern vorgestellt hatte, die sie am Tango von Anfang an so faszinierten, war immer schon da gewesen. Er brauchte nur noch ins Licht ihres Bewusstseins gestoßen zu werden.

Es war nicht einfach, sich das einzugestehen. Sie hatte die Einladung angenommen, weil sie dachte, dass sie in ihm dafür den idealen Partner gefunden hätte. Reif genug, um nicht zu viel zu verlangen, diskret genug, um nichts herumzuplappern, und erfahren genug, um sie auf Hochtouren zu bringen. Dazu allerdings musste sie das Gleiche mit ihm tun. So war das nun mal mit den Männern und sie wusste genau, wie das geht.

Schon mit der Wahl der Schuhe wollte sie ihn in absolute Erregung versetzen. Sie zog ihre höchsten an. Die, die sie eigentlich nie auf dem Parkett benutzte. Aber sie musste oder besser sie wollte ja nicht so viele Tänze auf und in ihnen verbringen wie auf den üblichen Milongas. Er sollte sie ausziehen, zuerst mit den Augen und dann mit den Händen, und das schon beim Tanzen. Sie wollte ihm von Anfang an zeigen, zu was sie alles in der Lage ist, wenn man sie nur an den richtigen Stellen berührt und streichelt, wenn man die Zünder findet, die sie zum Explodieren bringen.

So waren ihr Schlitz im Kleid sehr hoch und ihr Dekollete sehr tief ge-

raten, vom fast freien Rücken, der geradezu minimalistisch, fast unsichtbar, nur von zwei Spaghettiträgern verziert wurde, ganz zu schweigen. Sie hatte sich immer wieder gefragt, ob sie so weit gehen sollte, gar nichts darunter zu tragen. Letztlich siegten ein Rest von Scham und die heimliche Hoffnung, dass er ihr das Höschen ganz langsam herunterziehen möge. Sie wusste, dass es dann für sie kein Halten mehr geben würde.

Bislang hatten nur sehr wenige Männer begriffen, dass bei ihr in der Langsamkeit ein besonderer Reiz und in der Verzögerung die eigentliche Lust lag. So wie dieser Mann mit ihr auf der Tanzfläche umgegangen war, glaubte sie fest daran, dass er das, wenn er es nicht schon wusste, zumindest sofort begreifen würde. Beim Aussuchen des Tangas erwischte sie sich allerdings bei dem Gedanken, ein so durchsichtiges und kleines Exemplar zu wählen, dass er es mit geübten und kräftigen Händen in einem einzigen Ruck zerreißen können müsste. Allein diese Vorstellung ließ sie unwillkürlich aufstöhnen.

Sie wollte genommen werden, wollte einen Mann, der zufassen konnte, der sie niederwarf und doch zärtlich bleiben würde. Leider hatte sie das noch nicht erlebt. Auch bei den Tangueros nicht, obwohl die als besonders männlich und zugleich sensibel galten. Ihr waren auf dem Parkett bisher eher unsichere Exemplare der männlichen Gattung begegnet. Bis auf den, der sie zu sich nach Hause eingeladen hatte. Nicht zum Reden, nicht zum Essen, nicht zum Fernsehen, nein, zum Tanzen.

Er musste geahnt haben, dass sie sich das gewünscht hatte. Nicht unbedingt von ihm, denn er war ihr zu alt. Viel zu alt, wenn sie ehrlich zu sich selbst war. Damit war aber auch klar, dass es bei dieser einen Nacht bleiben würde, was bei ihr für eine gewisse Leichtigkeit sorgte. Im Übrigen war er überhaupt der erste gewesen, der sich getraut hatte, eine solche unzweideutige Frage zu stellen: ob sie Lust habe, mit ihm ganz privat und ungestört Tango zu tanzen. Er hatte das ohne jeden Unterton gesagt und doch so, dass ihr keine Zweifel blieben. Sie spürte das überdeutlich an dem leichten Blutstrom, der in diesem Moment in ihrem Schoß zu rinnen begann.

Es war der gleiche, der manchmal floss, wenn sie mit ihm sehr innig tanzte. Wenn er sie in seiner bestimmten und doch zärtlichen Art hielt und so sicher über das volle Parkett führte, dass sie die Augen schließen konnte. Nicht, wie es so viele ihrer Geschlechtsgenossinnen taten, um ihre Hingabe tangogemäß perfekt zu demonstrieren. Nein, sie fühlte sich wirklich ganz sicher in seinen Armen und sie spürte seine Stärke in jedem seiner dynamischen Schritte.

Sie stellte sich dabei einen jüngeren und schöneren Mann vor und dann hatte sie nichts mehr dagegen, dass seine Hand manchmal langsam über ihren Rücken in Richtung ihres Pos rutschte. In solchen Momenten schob sie ihren Schoß ganz sanft , fast unmerklich gegen den seinen und blieb ihm so nah, wie sie nur konnte, so nah, wie es der Tango erlaubte, ohne für den Zuschauer vom Erotischen ins Obszöne oder gar Exhibitionistische umzuschlagen.

Soweit er überhaupt etwas außerhalb des Tanzes über sie erfahren hatte, war sie anscheinend eine sehr angenehme Person. Gebildet, fröhlich und – wie er jetzt wusste - verschwiegen. Sie hatte ohne jedes Zögern versprochen, niemandem von dieser Verabredung zu erzählen. Vielleicht, weil sie außerhalb des Tanzes nicht mit einem so viel älteren Mann gesehen werden wollte. Ihm konnte das egal sein. S e i n e Wahl war auf jeden Fall die richtige gewesen und nun lag es an ihm, das Beste daraus zu machen.

Sollte es nämlich doch zu einem Gerücht in der Tangoszene kommen, weil sie danach nicht mehr so schweigsam sein würde wie davor, sollte dieses, zumindest was seine Liebhaberqualitäten betraf, von positivem Inhalt sein. Dieser Gedanke verunsicherte ihn etwas, aber er hielt sich für erfahren genug, in der konkreten Situation nicht die Nerven zu verlieren. Das war einer der wenigen Vorteile seines Alters und in solchen Momenten wusste er ihn sehr zu schätzen.

Als sie seine Wohnung betrat, war sie mehr als beeindruckt. Dass sie erheblich größer als die ihrige war, erschien ihr normal bei einem Mann, dem so viel mehr an Jahren zur Verfügung gestanden hatte, um es zu so etwas zu bringen. Dass sie so geschmackvoll eingerichtet war, hatte sie nicht erwartet. Vor allem nicht das übergroße Wohnzimmer mit der hohen Stuckdecke und dem hellen Parkettboden, fast so groß wie die Räume, in denen üblicherweise die kleineren und wegen ihrer Intimität besonders geschätzten Milongas stattfanden.

Hier konnten sie wirklich tanzen, erst recht, weil er offensichtlich alle störenden Möbel entfernt hatte. Bis auf ein ebenso übergroßes samtrotes Sofa, das eher einer Liege als einem Sitzmöbel glich und vor einer in feinem Gelb gestrichenen Wand stand. Auch die Bilder, die diese Seite des Raumes schmückten, gefielen ihr. Es war einfach alles nach ihrem Geschmack. Auch die Tangomusik, die er aufgelegt hatte.

Ein sanftes Glücksgefühl und eine erste Hitzewelle durchströmte sie, denn sie hatte ihren Mantel immer noch an. Sie hatte sich fest vorgenommen, ihn erst dann abzustreifen, wenn sein Blick auf sie durch keine der üblichen Begrüßungs- und Getränkebeschaffungsrituale mehr behindert werden würde. Schon ihre erste ernstzunehmende Bewegung sollte ihm deutlich machen, um was es ihr ging. Ihr Mantel sollte wie ein Vorhang beim ersten Akt eines Theaterstücks fallen und das Herz sollte ihm dabei still stehen.

Er wunderte sich, dass sie ihren Mantel nicht wie seine sonstigen Gäste in der dafür vorgesehenen Garderobe gelassen hatte. Er begann zu ahnen und endlich zu begreifen: Sie hatte womöglich gar nichts drunter. Was für eine Vorstellung. Seine Frau hatte nur ein einziges Mal versucht, ihn auf diese Weise zu verführen, und das leider erst, als es dafür zu spät war. Jetzt stand diese viel zu junge Tanguera vor ihm und er konnte es einfach nicht fassen, dass sie so weit gehen könnte. Aber er hatte es sich gewünscht. Wieso hätte er sonst die Raumheizung so eingestellt, dass nicht ein einziger Quadratzentimeter ihrer unbedeckten Haut in Gefahr käme, auch nur ansatzweise zu frieren.

Sie hatte sich immer wieder im Spiegel gemustert, um diesen ersten Einruck zu optimieren, hatte zigmal die Kleidung gewechselt und war doch immer wieder auf dieses so offene rote Fetzen Tuch gestoßen, das alles zeigte, obwohl es die entscheidenden Stellen verdeckte. Sie wollte diesem Mann demonstrieren, dass sie keine Tarnung nötig hatte, um sich dann als Geschenk von ihm enttarnen zu lassen. Er war nie aufdringlich gewesen wie andere ältere Tangueros. Er hatte ihr mehr Respekt erwiesen als manche der jungen Tänzer. Er hatte sie sich verdient, er durfte ihren Körper ganz haben.

Hier sah sie niemand außer er, hier konnte sie all das machen, was sie bisher noch nie mit einem Mann gemacht hatte, denn er würde niemandem davon erzählen. Oder doch? Es war ihr auf einmal egal. Es ging jetzt um sie und ihre geheimen Wünsche. Sie wollte sie endlich ausleben. Er stellte bei näherer Betrachtung nur das Mittel zum Zweck dar. Oder redete sie sich das ein? Versuchte sie sich selbst in Stimmung zu bringen, um über ihren eigenen Schatten springen zu können? Es war zu spät für solche Zweifel.

Als sie den Mantel fallen ließ, sah es im ersten Moment wirklich so aus, als sei sie nackt darunter. Die Halter ihres Kleides waren so extrem dünn und seine Fantasien so angestachelt, dass beide in glücklicher Eintracht das Trugbild der ersten Sekunde perfekt machten. Die Brüste dieser jungen Frau hatte er schon so oft in ihrer herrlich wohlgeformten Prallheit gespürt, dass er gar nicht mehr anders konnte, als sie endlich nackt sehen zu wollen. Erst nachdem der Mantel auf den Boden aufschlug, bemerkte er, dass dem nicht so war.

Ein kurzer Moment der Bitterkeit war unvermeidlich. Der damit verbundene realistischere Blick allerdings versüßte ihn sogleich: Sie trug nicht, wie üblich, einen ihrer reichlich verzierten BHs, sondern verließ sich ganz auf die natürliche Statik ihre beiden Wonnekugeln und diese war genauso überzeugend wie in jeder Weise überwältigend. Es fühlte sich wie ein sanfter, fast zärtlicher Schlag in seine Magengrube an, ihre wohlgeformten Schultern ohne Unterbrechung über das zierliche Brustbein direkt in ihren nur hauchdünn bedeckten runden Busen übergehen zu sehen.

Sie konnte sehen, dass es ihm den Atem verschlagen hatte. Entweder war er gar nicht so routiniert, wie sie gedacht, oder sie war genauso beeindruckend, wie sie es sich gewünscht hatte, oder beides zugleich. Ihre Selbstzweifel waren mit einem Mal verschwunden und ihre Libido meldete sich in Form einer leicht verspielten, nichtsdestoweniger deutlichen und zugleich äußerst unruhigen Geilheit. Sie nahm das angebotene Glas Wein und setzte sich hastig auf das riesige rote Sofa. Sie musste jetzt Platz nehmen, damit er nicht sehen konnte, dass ihre Knie weich geworden waren. So gierig hatte sie seine Augen noch nie auf sich gerichtet gesehen. Noch kein Mann hatte sie so angriffslustig von oben bis unten gemustert. Wie ein Raubtier vor dem Sprung.

Ihre Oberschenkel gerieten außer Kontrolle. Am liebsten hätte sie sie weit geöffnet und ihr Kleid so hoch gezogen, dass er nicht umhin konnte, ihr knappes Höschen ganz in Augenschein zu nehmen. Ihre Hände zitterten beim ersten Schluck Chianti. Sie musste sich beherrschen, um nicht laut und tief auszuatmen. Es hätte garantiert wie ein Stöhnen geklungen und das wollte sie nicht. Sie wollte alles in der Hand behalten. Auf keinen Fall sollte er denken, sie wäre schon zu allem bereit.

Aber sie war es. Sie war es so sehr, dass sie vor sich selbst erschrak. Das Spiel zwischen ihrer erotischen Kleidung und ihrem erregten Körper hatte durch den im wahrsten Sinne eindringlichen Blick dieses Mannes eine Dynamik entfaltet, der sie nur noch schwer Herr werden konnte. Er wollte sie. Sie spürte es überdeutlich auf jedem Quäntchen ihrer Haut. Wenn er jetzt zu ihr kommen würde, ihr jetzt ihren roten Fetzen vom Leib reißen würde, müsste sie vor Lust aufjuchzen wie jemand, den man im allerletzten Moment vom Streckbrett der Folter losgebunden hat.

Er hatte bemerkt, dass sie sich setzen wollte. Als wäre etwas Schweres in ihr, das sie nach unten zog. Erst dachte er, sie würde das Sofa dabei knapp verfehlen, aber sie erwischte den Rand, hielt sich aufrecht und sah in ihrem kurzen, nun noch höher gerutschten, roten Kleidchen noch fragiler und süßer aus. Er hatte diesen Bonbonausdruck des Weiblichen immer vermieden. Aber hier passte er. Sie war eine bis zum Rand gefüllte, wunderschön geformte, zierliche Honigschale. Als sie noch stand, hatte er sie mit seinen Augen fast verschlungen. Im Sitzen zeigte sie so viel von ihrem winzig zarten Slip, dass er seine ganze Beherrschung aufbringen musste, um nicht sofort neben ihr Platz zu nehmen. Dort hätte er nicht länger für die Zurückhaltung seiner Hände garantieren können.

Sie waren auch so kaum noch still zu halten. Im Geiste zogen sie zu ihr, berührten sie ausgiebig und versuchten ihr die kurze rote Hülle so schnell wie möglich abzustreifen. Seine Blicke taten es stattdessen. Es bestand offensichtlich die Gefahr, dass er die Kontrolle über sich verlor, und genau das durfte auf keinen Fall geschehen. Nicht jetzt. Er wollte dieses überirdische Wesen unbedingt in den Armen halten und mit ihm tanzen, ehe er in sein Irdisches eindringen würde.

Beides zusammen oder zumindest direkt nacheinander tun zu können, war der besondere Reiz dieser Situation. Versteckt und geborgen in seinen eigenen vier Wänden. Deswegen hatte er den Parkettboden seines Wohnzimmers systematisch von allem Störenden befreit, hatte das Licht gedämpft und Kerzen aufgestellt. Deswegen hatte er eine ganz spezielle Mischung seiner Lieblingstangos aufgelegt. In dieser Atmosphäre unkontrollierter und zugleich wärmender Abgeschiedenheit wollte er den ganzen Tango erleben, ihn bis zu Ende tanzen. Er hatte wieder alles im Griff, wusste, was zu tun war, konzentrierte sich wieder ganz auf die alabasterfarbene Oberfläche dieser jungen schönen Frau.

Als sie ihn auf sich zukommen sah, war das Raubtierhafte aus seinen Augen verschwunden. Er schien ganz gelassen und schaute sie geradezu warmherzig an. Mit einem Blick, den sie vermisst hatte, seitdem ihr Vater aus ihrem Leben verschwunden war. Einem, der seinem Gegenüber das Gefühl vermittelt, ganz im Mittelpunkt der Aufmerksamkeit zu stehen, ohne es zu vereinnahmen. Der sie beruhigte und ihre Erregung in angenehmer Weise dämpfte. Wie eine Decke den Frierenden.

Sie hörte die Tangomusik und entdeckte die großen weißen Kerzen in den Ecken des großen Raumes. Ihr flackerndes Licht ließ sie in ihre Kindheit eintauchen, erinnerte sie an Weihnachten, die einzigen Tage im Jahr, an denen ihre Eltern einigermaßen friedlich und freundlich miteinander umgegangen waren. Wahrscheinlich ihr zuliebe.

Seine Hände ergriffen sanft und bestimmt die ihrigen. Er zog sie zu sich hoch in seine Arme und wiegte sie im Rhythmus der Musik. Wie auf den Salons, bevor er den ersten Schritt mit ihr tat. Eine riesige Welle der Erleichterung und der Zuneigung überrollte sie, dass sie darin fast zu ertrinken drohte. Ihre Knie wurden erneut weich und sie hätte sich gerne wieder hingesetzt. Am liebsten auf seinen Schoß, den Kopf an seine Schultern gelehnt wie ganz früher bei ihrem Papa. Aber er hielt sie gerade und aufrecht. Sie begann die Melodie zu erfassen, spürte diesen besonderen Tangorhythmus, den sie schon so sehr mochte, bevor sie danach zu tanzen gelernt hatte. Er holte sie durch seine sanfte, aber klare Heftigkeit auf ihre Füße zurück, durchdrang ihre Beine, begann ihren ganzen Körper zu erobern. Sie spürte ihre Energie zurückkommen. Alles war wieder ganz vertraut und die Töne strömten mit einer Macht durch sie hindurch, wie sie es noch nie erlebt hatte.

Es war dieser erste große Schritt, auf den sie sich immer besonders freute, wenn er sie aufforderte. Als er ihn mit ihr zum ersten Mal machte, war sie über die Kraft überrascht, die er in ihn hineinlegte. Sie hatte sie einem Mann dieses Alters nicht zugetraut. Das Faszinierendste daran war, dass er es verstand, sie in diese Energie mit hineinzunehmen. Nicht nur mit seinem Oberkörper wie die meisten anderen ihrer Tänzer, er suchte auch den Kontakt in der Mitte. Genauer genommen suchten seine Oberschenkel die Berührung mit den ihrigen. Muskulöse Oberschenkel, wie sie gleich gespürt hatte. So bekamen ihre Beine von Anfang an mit, wie weit sein erster Schritt sie bringen würde. Sie musste sie nur in enger Tuchfühlung halten, und sie tat das gerne, weil sie gleich merkte, dass er nicht mehr wollte als das. Sie mitnehmen, nicht sie einnehmen. Jetzt *allerdings wünschte sie sich, dass er auch das zweite tun würde.*

Als er sie in die Arme nahm, schien ihr nicht ganz wohl zu sein. Sie war etwas wackelig auf den Beinen. Normalerweise stand sie wie eine Eins und streckte ihm, angespannt wie ein Flitzebogen, ihren Busen entgegen. Das hatte ihm von Anfang an an ihr gefallen. Sie hatte keine Angst vor Nähe und war ähnlich energiegeladen wie er selbst. In diesem Moment jedoch ließ sie irgendetwas schwach werden. Hatte er sie mit diesem erotischen Spiel überfordert? Hatte sie sich selbst mehr zugetraut, als ihr im Ernstfall möglich war?

Er bekam Mitleid und immer, wenn das geschah, spürte er fürsorgliche Gefühle in sich aufsteigen. Er war gerne Vater geworden, hatte seine Kinder von Anfang an geliebt. Er würde immer noch alles für sie tun und er hatte immer gespürt, wenn sie ihn als Beschützer brauchten. Bis heute. Das schätzten sie sehr an ihm, wenn sie auch mit seinem sonstigen Leben nicht einverstanden waren.

Jetzt war er wieder als solcher gefragt. Er hielt sie ganz zärtlich und schlicht im Rhythmus der Musik, damit sie sich beruhigen konnte. Sie sollte die Gewissheit bekommen, dass er nicht mehr erwartete, als sie ihm zu geben bereit war, auch wenn das nicht seinen Wünschen entsprechen würde. Er spürte so etwas wie Liebe zu ihr, väterliche Liebe, zumindest für einen Moment, und ihm war seltsam wohl dabei. Sie hätte wirklich seine Tochter sein können. So klar wie in diesem Moment war ihm das nie gewesen. Jede sexuelle Begierde war mit einem Mal in ihm ausgelöscht. Sie war jetzt nur noch ein kleines Mädchen, das seine Hilfe brauchte, und er gab sie ihr.

Als sich ihr Körper straffte, aus der Tochter wieder die Tänzerin wurde, machte es ihn zu seinem Erstaunen tief traurig. Wie, wenn er sie verloren, sie sich nicht verwandelt, sondern gänzlich in Luft aufgelöst kätte. Aber sie war da, und wie sie da war. Sie fasste ihn nicht nur an. Sie griff zu, heftiger als sonst, presste ihre Brüste gegen ihn und schien vor Energie zu bersten. In Erwartung des ersten Schrittes, drückte sie ihre Schenkel an die seinigen und tat etwas, was sie bisher nie getan hatte: sie drängte mit ihrem Schoß so heftig gegen den seinigen, dass sein Gemächt nicht anders konnte, als sich seinerseits dagegen zu stemmen.

Für einen Moment geriet er völlig aus der Fassung. Vom Mädchen zur Frau und Tanguera war es schon unglaublich schnell gegangen. Beim fast gleichzeitigen Schritt zum begehrenden Weib kam er nicht mehr mit. Wie oft hatte er sich gewünscht, ihren zarthartem Venushügel direkt mit seinem Glied zu ertasten und zu spüren, wie er dabei härter und härter wurde. Jetzt war jede Regung in seiner Rute erstorben. Je mehr sie presste, je weicher schien sie zu werden.

Wie schnell sich die Verhältnisse ändern konnten. Nun war er es, der sich überfordert sah, der Schutz brauchte. Aber es war niemand da, der ihn ihm hätte gewähren können. Niemand außer ihr und sie wäre die Letzte gewesen, die er darum gebeten hätte, ja, der er sein Dilemma überhaupt zu schildern bereit gewesen wäre. Das machte sein männlicher Stolz unmöglich. In solchen Situationen gab es für ihn nur eine Lösung : alle seine Aggressionen, all seinen Hass auf diese Welt zu sammeln und ihn in einer einzigen Bewegung zu bündeln.

Wie das geht, wusste er, seitdem er als kleiner Steppke zum ersten Mal seine Faust geballt und mit all der ihm zu Verfügung stehenden Kraft zugeschlagen hatte. Direkt ins Gesicht dessen, von dem er sich in diesem Moment bedroht fühlte. Sein Vater hatte ihm das gezeigt und er war ihm bis heute dankbar dafür. Ein solcher Schlag wirkte sofort, hatte er ihm gesagt, denn gerade die stärkeren Gegner rechneten nicht damit. Obendrein täte ein Treffer im Gesicht am meisten weh und damit hatte er recht, wie er bald am eigenen Leibe erfahren hatte.

Jetzt allerdings waren es nicht die Fäuste, in die er alle seine negative Energie legte, sondern seine Beine. In das eine, um einen ganz festen Stand zu haben, und in das andere, um einen ersten gewaltigen Schritt zu tun. Weiter und dynamischer denn je. Er spürte seine Kräfte wieder wachsen, überall, fasste fest zu, viel fester als sonst. Sie erwiderte den Druck ebenso heftig. Seinen Körper presste er wieder an den ihrigen, hob sie leicht an und ging mit seinem Standbein leicht in die Knie, sodass sie vom Kopf bis zu den Zehenspitzen eine fast ununterscheidbare, leicht diagonal geneigte Linie bildeten. Aus dieser Position heraus hätte er sie an die nächste Wand schleudern können und einen Moment lang wollte er es auch tun. Aber die Zärtlichkeit kam in letzter Sekunde zurück und wurde eins mit seiner Aggression.

Sie zitterte vor Spannung und wartete sehnsüchtig darauf, dass er sie endlich mit aller Kraft nach vorne schob. Wie er stand sie nur noch auf einem Bein und malte, wie so oft , wenn er sie so hielt, mit der Spitze ihres freien Fußes kleine Kreis auf das Parkett. Sie spürte es ganz deutlich: Was folgen würde, war kein Spiel mehr, weder ein erotisches noch sonst eines. Was ihnen bevorstand, meinte jeder von ihnen bitterernst. Wo immer es sie beide hinführen würde, wie immer sie nachher darüber denken würden, es gab kein Entrinnen mehr. Kein zurück.

Sie spürte wie sein elfter Finger mit zunehmender Härte auf ihre pulsierende Mitte reagierte. Er konnte sie nun mit wirklich allen Gliedern seines Körpers führen und er war offensichtlich fest entschlossen es auch zu tun. Sie explodierte in den ersten großen Seitwärtskick hinein. Genau auf einer vollen Synkope schoss sie mit ihm nach vorne und hörte, als wäre es ein Teil der Musik, einen langen, tiefen Seufzer aus ihrem Mund entweichen, der erst Sekunden später in einem kurzen, genauso spitzen wie eindringlichem Schrei endete.

Sie war sich nicht sicher, ob es sich bei dem, was aus ihr herausgebrochen war, wirklich um einen Schrei handelte. Aber ihr war eindeutig danach zu Mute gewesen, denn sie schien da angekommen zu sein, wo sie immer hin gewollt hatte: Bei der Einheit von Hingabe und Bewegung, von Geschlecht und Tanz. Wie lange hatte sie auf den Tanguero gewartet, mit dem diese nicht nur möglich war, sondern auch ganz und gar ausgelebt werden konnte. Sie tanzte eigentlich mit jedem Mann gerne eng, der ihr sympathisch war. Aber das, was sie jetzt tat, hatte sie noch nie gemacht. Als Tänzerin sexuell aktiv zu werden, unmittelbar und ohne Umschweife. Und sie genoss es über die Maßen.

Die Lanze zwischen ihren Oberschenkeln wuchs und sie konnte sie steuern, indem sie sie nicht mehr aus dem wohlig wärmenden Gefängnis ihres Venusdreiecks herausließ. Sie musste dafür, trotz aller Drehungen, die der Tango nun mal von ihr verlangte, nur ganz eng bei ihm bleiben. Das gelang ihr, indem sie sie nur aus der Hüfte in Gang setzte, was sie eine Menge spezieller Übungsstunden gekostet hatte. Dass sich diese in einer so überaus beglückenden Weise bezahlt machen würden, hatte sie sich allerdings nicht vorstellen können.

Er wusste nicht genau, wie sie es anstellte, seinen kleinengroßen Freund in so angenehmer Weise im Zaum zu halten. Er hatte sich wie auf den üblichen Salons zur Sicherheit eine seiner überdurchschnittlich eng und fest sitzenden Unterhosen angezogen, die in den wenigen sexuell erregteren Situationen, die ihm dort bislang widerfahren waren, das Schlimmste verhindert hatten: Die

Erektion seines primären Geschlechtsteils.

Jetzt, wo sie selbst die festeste Unterwäsche nicht hätte verhindern können, hatte dieses Sternenwesen anscheinend für eine geradezu paradiesisch anmutende Lösung dieses Problems gesorgt. Sie hielt **ihn** nur durch die Bewegung oder besser Nichtbewegung ihres Unterleibes halbsteif abgewinkelt. Eine Position, die ihn mindestens so geil machte wie ein richtiger Ständer und nicht einmal auf einer vollen Tanzfläche aufgefallen wäre. Zumindest so lange man sich nicht von seiner Partnerin trennen musste.

Was für ein Tangogefühl! Zweifelsohne tanzten sie, fickten nicht, und er wusste nicht mehr, ob er das überhaupt noch wollte. Diese Art von sexueller Erregtheit war kaum zu steigern, ging weit über das hinaus, was er sich auf den öffentlichen Tanzveranstaltungen mit bestimmten Frauen erlaubte, bzw. sie ihm je gestattet hätten. Die Haut schien doch keine beiderseitige Grenze zwischen den Geschlechtern zu sein. Nicht bei dieser Frau. Seine Konzentration wurde quasi sexuell verdoppelt. Seine Führungsrolle bekam eine klare geschlechtliche Ausrichtung, was sie nicht schwächte, sondern stärkte.

Zumindest wenn er sich ständig bewusst machte, dass er mit ihr in der Musik, im Rhythmus und in den Figuren zu bleiben hatte, und zu seiner Überraschung gelang ihm das ohne Probleme. Er war sehr angespannt, aber er war nicht durcheinander. Im Gegenteil, er war ganz bei sich und ihr schien es genauso zu gehen. Sie reagierte schneller und geschmeidiger auf seine Schrittfolgen denn je . Sie war ganz Frau und ganz Tänzerin, er war ganz Mann und ganz Tänzer. Als wäre das ein und die selbe Sache, das Normalste von der Welt.

Das Meer, in dem sie schwamm, war er. Er war überall um sie herum, trug sie bei jedem ihrer Schritte, umspülte und umspielte sie, war ihr ganz nah, ohne sie zu erdrücken. Ihre Bewegungen erschienen ihr so natürlich wie nie. Das schäumende Wasser wurde zum Himmel und sie flog von einem Fluidum ins andere, vom tiefen Blau ins hohe Blau, durch die Wolken direkt in den Äther und immer noch war er bei ihr.

Wohin sie sich auch drehte und wendete, wohin sie auch flog, er war immer schon da. Wie das, was aus ihrem Rücken zu wachsen begann: Flügel. Große, weiße, mächtige Flügel. Sie war eine Meerjungfrau geworden, die fliegen konnte, ein ozeanischer Engel. Er war für sie zugleich die Luft und das Wasser. Sie spürte ihn total und endlich ohne jede Scham. Er hatte sie von jeder falschen Rücksichtnahme befreit, indem er sie nur als das behandelte, was sie im Moment war: Körper, ganz und gar Körper! Lust, ganz und gar Lust! Wild und doch gehalten und geführt. In seinen Armen konnte sie weder abstürzen noch ertrinken, war sie frei und sicher zugleich.

Sie liebte ihn ganz tief dafür, ohne dass sie es hätte aussprechen können, ja, ohne dass es ihr überhaupt bewusst war. Es war aus ihrer Mitte gekommen, diesem feucht und feuchter werdenden Schoß, aus dieser Haut, die überall von Schweiß glänzte, aus ihren Sehnen und Muskeln, die jetzt so eng mit den seinigen verwoben waren wie nie zuvor. Vielleicht aber auch aus dieser Musik, die sie beide gänzlich ergriffen hatte, sie in Zeit und Raum zusammenhielt, indem sie den Rhythmus ihrer Bewegungen bestimmte. Sie wollte in ihn hineinkriechen oder von ihm verschlungen werden oder beides zugleich und sie wollte dabei unbedingt weiter tanzen. Bis sie nicht mehr konnte. Bis zur völligen Ohnmacht. Bis in die Ewigkeit.

Leidenschaft, wie oft hatte er dieses Wort in der Tangoszene vernommen. Am meisten von denen, deren persönliche Ausstrahlung gegen Null ging. So häufig, dass er es mittlerweile zum Kotzen fand. Aber was war das sonst, das durch sie beide hindurchströmte. Es war nicht nur Lust, obwohl er erregt war, wie lange nicht mehr. Dann hätte er ihr schon das Kleid samt Höschen vom Leib gerissen und mit ihr gevögelt, was das Zeug hielt. Sie hätte bestimmt nichts dagegen gehabt. Oder doch? Er war sich nicht sicher, spürte nur ihren heftigen Atem, ihre totale Widerstandslosigkeit, ihre absolute Offenheit.

Die Spaghettiträger wurden nur noch von ihren Armbeugen gehalten. Ihre Brüste waren fast gänzlich entblößt. Ihre Augen glänzten wie Purpur und aus ihren Pupillen loderten kleine Flammen. Es waren Katzenaugen, glühende Lavakuppen auf der Spitze eines zu neuem Leben erweckten schwarzen Vulkans. Auf einmal erschien sie ihm zeitlos, irgendwo zwischen zwanzig und einer Million Jahre alt, ein wunderschön geformter Meteorit, der durch puren Zufall auf seinem kleinen Planeten gelandet war, irgendwie unwirklich und doch ganz aus Fleisch und Blut. Ihre Augenlider flatterten wie ein Schmetterling und ihre Lippen spitzten sich, als wollte sie etwas sagen, ihm etwas erklären, als spürte sie seine Verwirrung. Vielleicht wünschte sie ihn aber auch nur zu küssen.

Er kam ihr zuvor, stoppte den Tanz, ließ ihre Hände los. Er konnte nicht anders. Er musste ihren leicht geöffneten Mund mit dem Zeigefinger seiner rechten Hand berühren. Ganz vorsichtig und sanft, bis sie ihn soweit aufmachte, dass ihre blendendweißen Zähne aufblitzten wie taufrischer Schnee auf glutrotem Grund. Jedoch nicht, um zu sprechen oder ihn zu küssen, sondern um dieses so knochige Körperteil ganz in sich aufzunehmen. Sie begann daran zu saugen, während seine andere Hand über ihre linke Schulter glitt, um den dortigen Träger ihres Kleides ganz über ihren Ellenbogen zu streifen.

Der fiel so leblos in sich zusammen wie ein Soldat nach langem Kampf und zog so den restlichen Stoff, der noch ihre linke Brust bedeckte, mit sich hinunter. Es war, als hätte jemand in Zeitlupe den Vorhang vor einem Naturwunder gelüftet. Wie Magier es tun, wenn sie den Zuschauer auf das große Aha-Erlebnis vorbereiten.

Er konnte die Augen nicht von dieser bräunlich samtenen Halbkugel lassen, auf der eine ebenso wohl geformte, hoch aufgerichtete, kreisrunde kleine Warze saß, wie ein zum Sprung bereiter zierlicher pulsierend-brauner Frosch auf einem hellen warmen Felsen. Welch triumphierende Weiblichkeit. Er war so hingerissen von diesem Anblick, dass der Singsang des nächsten Tangos seine Ohren gar nicht erst erreichte, war wie gelähmt, wusste nicht, was er tun sollte. Solange das zweite Naturwunder direkt daneben noch nicht enthüllt war, konnte er keinen weiteren Schritt, in welche Richtung auch immer, tun.

Sie hatte gemerkt, dass er viel länger inne gehalten hatte, als die übliche Pause zwischen den Musikstücken vorsieht. Er umfasste sie noch mit seinen Armen, stand aber still. Als wenn er auf etwas wartete, was von jenseits des CD-Players kommen musste. Jetzt hielt er nur noch ihre Hände. Während er sie ohne jede Gier fast nachdenklich anblickte, flog sie noch, schaute noch mehr nach innen als nach außen. Sie wollte etwas sagen, aber sie konnte nicht. Dann spürte sie das zögernde Gleiten einer Fingerspitze auf ihren Lippen, die ihr zu einer sanften Landung ihm Diesseits verhalf.

Es führte sie zurück auf die Erde, zurück in das große schöne Zimmer.

Zuerst schreckte ihr Mund vor diesen scheu tastenden Berührungen zurück. Es war wie bei jemandem, der im Dunkeln etwas sucht. Bis sie merkte, wie feucht ihre Lippen waren und wie leicht die Fingerkuppe über sie hinwegglitt. Nicht mehr tastend, sondern zielstrebig. Einmal ganz herum, dann in die Mundwinkel und wieder zurück. Ganz gleichmäßig und ganz zart.

Sie schnappte unwillkürlich nach diesem harten und gerade deswegen so vorsichtig operierendem, länglichem Störenfried und die Vorstellung, dass es sein steif gewordenes Glied wäre, erschien ihr ganz natürlich. Sie begann wie von selbst an ihm zu saugen, genoss es als Vorspiel. Sie wollte ihm zeigen, was sie mit diesem Ding alles machen würde, wenn er sie nur ließe. Aber bis dahin sollte noch viel geschehen, sollte er vor Gier sterben. Hätte er sie jetzt einfach nur aufs Sofa geworfen und genommen, wäre sie auf der Stelle gegangen und hätte ihn nie mehr eines Blickes gewürdigt. Sie hatte es so satt, dass die meisten Männer nicht richtig mit ihr umzugehen wussten.

Als er an ihren Kleiderhaltern zu nesteln begann, während sie seinen Finger mit ihrer Zunge umspielte, hätte sie vor lauter Enttäuschung fast in ihn hineingebissen. Ihre Wut verflog jedoch so schnell, wie sie gekommen war, als er das freigelegte Objekt seiner Begierde so sichtlich hingerissen betrachtete. Stattdessen überkam sie etwas, dass sie noch nie so deutlich an sich gespürt hatte: Zeigelust. Sie wollte ihm ihre andere Brust freiwillig darbieten, wollte ihn verrückt machen nach ihren beiden Liebesglocken, um früher oder später wieder mit ihm barbusig loszufliegen, nackter als je zuvor bei einem Tango.

Als sie seinen Finger aus ihrem Mund und seine Hand von ihrer Schulter nahm, um ihn von sich wegzuschieben, war das für ihn so schmerzhaft wie ein Messerschnitt durch rohes Fleisch. Eiskalt und blitzschnell ausgeführt, um zwei Menschen zu trennen, von denen er dachte, dass sie zusammen gewachsen waren. Er hatte offensichtlich etwas falsch gemacht. So falsch, dass sie nicht mehr eine einzige Stelle seines Körpers berühren mochte, noch davon berührt sein wollte.

Durch sein Ungeschick war er von einer Sekunde auf die andere nicht mehr Herr der Lage und nichts verunsicherte ihn mehr als das. Auch sein fortgeschrittenes Alter und die damit verbundene Erfahrung halfen jetzt nicht mehr. Er schrumpfte zusammen. Überall. Als ließe jemand die Luft aus seinen Muskeln, als sei er eine Gummipuppe, die nur so lange stramm und glänzend war, bis jemand dieses geheime Ventil entdeckt und geöffnet hatte.

Äußerlich wäre das jetzt nur an seinem Penis zu sehen gewesen und er war heilfroh, dass er seine Hosen noch anhatte. Im übertragenen Sinne waren sie ihm allerdings schon ausgezogen worden. Von diesem teuflischen Wesen, das nun gut zwei Meter vor ihm stand und das alles ganz normal zu finden schien. Weder gab es ein abfälliges Lächeln auf seinen Lippen noch einen bösen oder enttäuschten Blick aus seinen immer noch glänzenden Augen. Es schien vielmehr in eine Art Trance gefallen zu sein. Zumindest bewegte es sich so.

Sie hatte begonnen, sich ganz leicht schwankend auf der Stelle zu drehen, den Kopf schräg angewinkelt, eine Brust entblößt, jedoch in viel sanfterer, fast unmerklicher Bewegung. Als er merkte, dass das alles im Takt eines Tangowaltz geschah, der jetzt aus den schlanken großen Mahagoni-Boxen beiderseits des roten Sofas schallte, bekam das Ganze eine geradezu absurde Note. Während sie in eine andere Welt stieg, fiel ihm plötzlich ein, dass er für die beiden Hightechsäulen eine Menge Geld hingeblättert hatte, nur weil die so gut zum Parkettboden passten.

Der Frau, die offensichtlich genau in ihrem optimalen Klangfokus stand, schien das völlig egal zu sein. Ihr war anscheinend alles um sie herum gleichgültig geworden, ihn eingeschlossen. Ihm war das im Moment auch ganz lieb, ließ er sich bei seinen Niederlagen nicht gerne anstarren. Schon im Kindergarten war er dann immer blitzartig aus dem Raum gerannt und die Erzieherinnen hatten ihn jedes Mal lange suchen müssen.

War sein Traum vom heutigen Abend ausgeträumt? War er wieder auf dem Boden der Tatsachen angekommen? Sie war jung und schön und er war weder das eine noch das andere. Wie hatte er nur glauben können, dass er da als Sieger herauskommt. In Wirklichkeit war er nur einer dieser alten Tangueros, die es noch einmal gewagt hatten und dabei auf die Schnauze gefallen waren. Einer dieser netten Trottel, die den Tango mit der Realität verwechselt hatten, einer, der er auf keinen Fall sein wollte. Er hatte sich selbst eine Falle gestellt und war auch noch freiwillig hinein gestürzt.

Die so liebevoll und zugleich so absichtlich aufgestellten Kerzen kamen ihm jetzt vor wie zu groß geratene Grablichter. Der Zombie, der ihn aus dem gegenüberliegenden Spiegel anstarrte, war offensichtlich er selbst. Irgendwie nicht mehr lebendig, aber auch nicht richtig tot. Wie hieß es doch so herrlich volkstümlich: Alter schützt vor Torheit nicht. Oder noch schlichter: Schuster, bleib bei deinem Leisten. Nur dass der Mist auf einmal stimmte. Er war im moddrigen Schlund der Gewöhnlichkeit angekommen, da, wo er nie mehr wieder hinwollte.

In seiner Niedergeschlagenheit brauchte er einige Zeit, um die Person wieder zu entdecken, die das eigentliche Zentrum der Handlung darstellte, auf die sich der Spiegel von sich aus konzentrierte, weil er dafür gemacht war: die Tanguera. Die Frau, die offensichtlich die Kerzen beiderseits des Spiegels auf- bzw. umgestellt hatte und die ihn nicht für einen Untoten zu halten schien. Im Gegenteil, sie hatte sich, im Blick auf sich selbst, über die Reflexion des Kristallglases auch ihm zugewandt und sah so aus, als sei sie aus ihrer Trance erwacht.

Ihn überfiel der Wunsch, sich in eine der beiden Kerzen zu verwandeln, die irgendwie unbeteiligt vor sich hinbrannten, als ginge sie das Ganze gar nichts an. Er wäre mit einem Schlag seine Schmach losgeworden und hätte trotzdem ganz in ihrer Nähe bleiben können. Er hätte sie in sein Licht tauchen können, ohne dass sie es merken würde und wäre so wenigstens indirekt mit ihr in Kontakt geblieben. Stattdessen setzte er sich auf den einzigen Stuhl, den er in seinem Privatsalon belassen hatte. Ein Akt, dessen Sinn sich ihm eigentlich erst jetzt ganz erschloss, denn er wollte eigentlich zwei zusätzliche Sitzplätze außerhalb des Sofas aufstellen. Zumindest war ihm das zum betreffenden Zeitpunkt irgendwie logisch erschienen.

Die neue, definitiv passive Zuschauerposition entspannte ihn etwas und er traute sich wieder, direkt in den Spiegel zu schauen. In ihm war nur noch sie zu sehen, hoch aufgerichtet auf ihren Pumps, die, wie er erst jetzt bemerkte, exakt die gleiche Farbe hatten wie das Kleid, dessen Saum sie gerade in diesem Augenblick in beide Hände nahm, ohne nur einen einzigen Moment die Augen von ihm oder besser von seinem Bildreflex zu lassen. Das wilde Flackern war wieder in ihren Pupillen und es nahm mit jedem Zentimeter zu, den sie ihr Rotes höher zu ziehen begann. Ganz langsam, ganz entspannt. Zumindest schien es so zu sein, bis er genauer auf ihre Hände schaute.

Er war sich nicht sicher, aber er meinte an ihnen ein leichtes Zittern wahrnehmen zu können. Fast unsichtbar, aber er hatte noch sehr gute Augen, wie ihm vor ein paar Wochen sein Arzt mit einer gewissen Bewunderung in der Stimme bestätigt hatte. Sie war bei dem, was sie da tat, nicht so cool, wie sie aussah. Im Gegenteil, sie schien bis in die Fingerspitzen aufgewühlt, als wäre sie nicht mehr nur scharf auf ihn, sondern auch auf sich selbst. Oder vielleicht nur auf sich selbst?

Mit dem Voyeur wurde sein völlig eingeschüchterter Freund zwischen seinen Schenkeln wieder wach. Hellwach. Aus der Distanz fasste er offensichtlich Mut, fühlte sich wieder potenter als in den letzten äußerst langen Minuten der Verzweifelung seines Herrn. Etwas, was dieses unheimliche Wesen im Spiegel überhaupt nicht zu kennen schien. Es sprühte geradezu vor Freude an sich selbst, seinem Spiegelbild und an der Tatsache, dass ihm jemand aufmerksam bei dem zuschaute, was es vorführte. Es streichelte sich überall mit zunehmender Intensität und Raffinesse und bei jeder Steigerung dieser Aktivitäten wurde sein Atem schwerer und stoßender.

Er erinnerte sich, wie er als kleiner Junge seiner Mutter beim Entkleiden zuschauen durfte. Sie war damals nicht viel älter als die

Frau, die ihm jetzt ihren Po entgegenstreckte, während der Spiegel ihre Vorderseite zeigte. Schon damals war er von den vielen Rundungen fasziniert gewesen, die ein solcher Blick ihm bot und von denen er wusste, dass weder sein Vater noch er selbst jemals darüber verfügen würden. Nicht über solche, nicht über so erregende. Das hatte ihn in solchen Momenten abgrundtief neidisch und danach immer traurig gemacht.

Sie hatte ihn soweit. Er schaute ihr wieder zu, und das genau so, wie sie sich es gewünscht hatte: er fraß sie mit den Augen auf. Irgendwie schien er verstört gewesen zu sein, als sie sich von ihm löste. Aber sie konnte darauf keine Rücksicht nehmen, denn sie war gerade dabei gewesen, sich zu verwandeln. In eine zweite Person, die es in ihr gab, die immer schon da gewesen war, die sie aber nicht kannte und die jetzt die Oberhand übernehmen wollte: in eine Exhibitionistin. Sie spürte sie in sich heraufkriechen wie Mr. Jekyll den Mr. Hyde und es war wie eine Erlösung. Als könnte eine Flamme, die lange zu wenig Sauerstoff bekommen hatte, endlich zur vollen Größe emporsteigen.

Ihre Haut brannte von innen wie ein alter Steinofen, dessen übermäßig angeheizte Glut ihn zum Bersten zu bringen drohte. Sie musste sich von jeder Bedeckung befreien. Aber nicht wie an den heißen Sommertagen ihrer Kindheit, an denen sie sich einfach ihre Sachen vom Leib riss und sich niemand daran störte. Obwohl es sie daran erinnerte. Jetzt wollte sie, dass jemand dabei zuschaute, der sich nach ihr verzehrte, und beides war bei dem Mann hinter ihr offensichtlich der Fall.

Im Geheimen wünschte sie sich sogar eine Menge davon, aber einer reichte ihr im Moment völlig und der sollte genauso viel davon haben wie sie selbst. Wenn sie die Blicke der Männer auf den normalen Tanzbällen auf sich ruhen spürte, gab es immer diese innere Barriere, gab es bestimmte Grenzen, die nur ihre Fantasie sprengen konnte. Hier, an diesem geheimen Ort, vor diesem ihr völlig unbekanntem Mann, galten sie nicht mehr. Mrs. Hyde ließ sie im blutigen Rot ihres Kleides ertrinken. Sie wollte einfach nur wild und begehrenswert für ihn sein, seine unwiderstehliche Meerjungfrau, seine ganz persönlich Stripperin.

Sie wusste nicht genau, wie das ging, aber es war etwas in ihr, das sie dabei lenkte, was ihre Hände an den Saum ihres Kleides führte, ihre Hüfte in rotierende Schwingungen brachte, während sie ihn Stück für Stück hochzog. Es war ihr Spiegelbild, das sie dabei am meisten erregte und inspirierte. Sie war jetzt die Hauptdarstellerin in ihrem eigenen Film , sie war der Mittelpunkt ihrer eigenen und einer fremden Wahrnehmung, was ihre Zeigelust verdoppelte. Wie eine Spirale, die sich immer höher drehte, je höher sie ihr Kleid schob.

Sie hörte wieder Tangomusik. Sie kehrte in ihr Bewusstsein und in den Rhythmus ihrer Bewegung zurück. Vielleicht war sie sogar die ganze Zeit darin geblieben, denn es schien alles zusammen zu passen, ohne dass sie jemand führte. Sie brauchte das nicht mehr. Im Gegenteil, jetzt wollte sie ganz allein bestimmen, wie, wann und in welche Richtung sie diese unwiderstehlichen Melodien in Energie und in Schritte umsetze. In ihre und nur in ihre Energie, in ihre und nur in ihre Schritte.

Ihre Hände waren nur noch für ihren eigenen Körper da, wollten nur noch ihn berühren. Die linke hatte die rote Seide bis zu ihrem Bauchnabel geliftet, während die rechte über ihre Brüste strich, zärtlich und zielstrebig in Richtung der beiden hochaufgerichteten tiefbraunen Warzen, die sie abwechselnd mit Daumen und Zeigefinger massierte, während ihre andere Hand unwillkürlich in ihr Höschen rutschte. Während der Saum des Kleides wieder tiefer sackte, tobte ihr Mittelfinger zu Astor Piazolas Libertango über ihre Clitoris.

Als sie das winzige Dessous dabei mit der Hand zeriss, die sich extra dazu von ihrem Busen gelöst hatte, kam es ihr zum ersten Mal. Es durchzuckte sie wie ein Blitz, warf sie aber nicht aus der Bahn, sondern ließ sie weiter im Rhythmus der Musik bleiben, ließ sie weitertanzen. Ein zweites, weniger heftiges Mal geschah es, als sie sich ihr Kleid ganz abstreifte. Sie musste dazu nicht einmal mehr Hand an sich legen. Es war wie ein Befreiungsschlag, der aus ihrem Inneren geführt wurde, der keines weiteren Werkzeuges mehr bedurfte als der völligen und hochhackigen Nacktheit. Alle die Hemmungen, die ihr das Leben auf die verschiedenste Weise beigebracht hatte, waren mit einem Schlag von ihr abgefallen. Wie ein großer, viel zu schwerer Vorhang vor einem Fenster mit Meerblick. Und sie hatte gedacht, sie wüsste alles über sich und ihren Körper.

Nur noch in Schuhen drehte sie sich langsam zu ihm um und zu ihrer Überraschung fand sie keine Gier mehr in seinen Augen. Auf ihr ruhte der liebevollste Blick, den je jemand auf sie gerichtet hatte. Tränen schossen ihr unwillkürlich in die Augen. Sekunden später folgte ein haltloses Schluchzen. Dann durchzuckte ein dritter Blitz sie von Kopf bis Fuß und ein vierter und ein fünfter und immer weitere, in immer schnellerer Folge, wie ein inneres Gewitter, in dem sich etwas entlud, was sich über viele Jahre in ihr angestaut hatte. Ihre Arme schraubten sich wie von selbst in die Höhe und wirbelten um sie herum. Ein wilder Veitstanz begann. Sie verlor die Kontrolle über ihren Körper. Ihre Beine sackten weg, als hätte ihr plötzlich jemand den Boden unter den Füßen entrissen.

Mit einem großen Schritt war er bei ihr und nahm sie in die Arme. Er war es vom Tango gewohnt, auch die Frauen sicher zu halten, die selber noch nicht so stabil in ihrer Achse standen. Bei ihr allerdings musste er viel mehr Kraft aufbringen, denn es schien, als wollte sie gleichzeitig stehen bleiben und wegrennen, während sie immer wieder in die Knie ging. Es war mehr als kämpfte er mit ihr anstatt dass er sie stützte. Mit aller Macht hielt er ihren verzweifelt sich schüttelnden Körper senkrecht. Es schien eine Ewigkeit zu dauern, bis sie sich endlich beruhigt hatte.

Im Geiste sah er immer noch ihre lasziven Bewegungen im

Spiegel vor sich. Sie hatte vor ihm masturbiert, daran gab es keinen Zweifel. Ob sie dabei einen richtigen Orgasmus hatte, konnte er nicht recht glauben. Aber es sah zweimal so aus, hörte sich so an und war ihm durch und durch gegangen. Als sie sich zum Schluss zu ihm umwandte, war neben seliger Erschöpfung etwas Todtrauriges in ihren Augen gewesen, verbunden mit einem tiefen Flehen nach Aufmerksamkeit und Zuwendung.

Er musste unwillkürlich lächeln, denn diesen Wunsch nach Anerkennung und Geborgenheit, wenn man sich so verausgabt hatte, kannte er bei sich selbst nur zu gut. In diesem Moment verstand er sie mehr als seine Frau in den unzähligen Jahren ihrer Ehe. Er konnte auf einmal ins Herz dieses eben noch von sich selbst so hingerissenen jungen Menschen schauen. Dort stand es in großen, blutroten Lettern deutlich zu lesen: Nimm mich in den Arm, einfach nur in den Arm! Die Tränen, die sich hinter ihrem flehenden Blick angekündigt hatten, ließen nicht lange auf sich warten und flossen ganz und gar haltlos über ihre hochroten Wangen.

Nach ihrem Zweikampf sah sie aus wie ein Globetrotter, der sich nach langer und gefährlicher Reise einfach nur von den Strapazen ausruhen wollte, die ihm zugleich so viel Freude bereitet hatten. Er erinnerte sich spontan an seine Tochter. Sie schaute genauso aus, wenn er sie nach wilden und langen Spielen in die Arme genommen hatte. Dann nannte er sie seinen Engel, immer wieder, bis sie sich beruhigt hatte. Sie hörte das gerne, denn er hielt sie danach hoch und ließ sie an seinem ausgestreckten Arm im Kreis fliegen, bis sie vor Glück jauchzte, wie es nur Kinder können.

Fast hätte er die junge Frau in seinen Armen auch so genannt, war sie doch über ihren eigenen Schatten hinweg geflogen, um sich davon zu befreien. Sie hatte ihre überirdische Seite entdeckt und war doch ganz aus Fleisch und Blut geblieben, musste wieder zurück auf die Erde, war unter Tränen einen langen tiefen Hang hinunter gestürzt, ohne dass ihre Flügel auch nur ansatzweise in Aktion treten konnten. Ein Engel, den nur noch einer seiner blitzschnell ausgeführten großen Tangoschritte vor dem fürchterlichen Aufprall hatte bewahren können.

Als sie sich ihm erneut entgegenstreckte, wusste sie nicht mehr, wie lange sie sich in seinen Armen ausgeruht hatte. Sie war jetzt nackt bis auf die hohen Riemenstilettos, nach denen sie so lange gesucht hatte, weil sie unbedingt genau die gleiche Farbe wie das Kleid haben sollten. Es fühlte sich sehr gut an. Als hätte sie schon oft so getanzt. Als wäre sie dafür gemacht. Die Vorstellung, es wirklich zu tun, erregte sie bis in die Fingerspitzen. Nackt mit einem Mann zu tanzen, nackt, wie Gott sie geschaffen hatte, löste bislang einen tiefsitzenden inneren Widerstand in ihr aus. Er bestand weniger aus Scham als aus dem Gefühl, in diesem Zustand besonders wehrlos und verletzlich zu sein. Nichts davon war übrig geblieben außer dem Wunsch, ihre innere Wärme und Zuneigung direkt über ihre Haut an ihn weiter zu geben. Mit jeder Pore. In jeder Bewegung.

Er hatte auf ihre Nacktheit gehofft, sie sich in allen möglichen Facetten ausgemalt, nur nicht so, wie sie sie ihm jetzt darbot. Da war nichts Exhibitionistisches mehr, sondern etwas tief Vertrautes. Als wäre sie immer so gewesen, als hätten die Tangokleider über ihrer Haut nie existiert. Als sie sich wieder in die typische Anfangsposition begeben wollte, fiel ihm nichts Besseres ein, als sein Hemd auszuziehen, um diese neue körperliche Verbundenheit wenigstens teilweise zu erwidern.

Er brauchte etwas Zeit, um sich daran zu gewöhnen, dass sie ganz hüllenlos und er barbrüstig war. So hatte er noch nie getanzt. Es fühlte sich wärmer und weicher an als erwartet. Auch da, wo ihre Entkleidungskünste bei ihm zeitweise für neue Härte gesorgt hatte. Sein halbsteifes Glied hatte sich in eine Art Standby-Position zurückgezogen, war eher passiv, aber jederzeit reaktivierbar. Stattdessen spürte er ihr Herz pochen und bald auch das seine.

Darauf hatte er noch nie geachtet. Diese Geschichte von den Herzen, die beim Tango zueinander finden sollten, interessierten ihn einfach nicht. Wenn ihm solche Dinge erzählt wurden, hatte er nicht mal ein abfälliges Lächeln dafür übrig gehabt. Er glaubte auch jetzt nicht daran, aber er hörte ihre beiden Herzen so laut wie zwei Dampfhämmer eines Schmiedewerkes, die durch irgendeine Laune der Physik und des Zufalls immer in der gleichen Sekunde auf das zu formende Metall einschlagen.

Sie hatte ihre beiden Herzen immer wahrgenommen, wenn sie innig miteinander tanzten. Sie lauschte manchmal auch nur ihrem eigenen. Bei ihrem Striptease hatte es bis in ihre Ohren hinein gedonnert. Am Ende war sie selbst zu einem einzigen Pulsschlag geworden. Mehr als bei jedem Höhepunkt, den sie bisher mit oder ohne Mann erklommen hatte. Nur dass sie weniger laut geschrieen hatte. Sie war mehr nach innen explodiert. Vor allem beim zweiten Mal. Jetzt konzentrierte sie sich ganz auf das, was aus ihm zu ihr hervordrang.

Dabei half es ihr sehr, dass er ihr seine nackte, stark behaarte und immer noch muskulöse Brust angeboten hatte. So fühlte sie wenigstens da Haut auf Haut. Vielleicht war das ja auch der Grund, dass sie sein Herz deutlicher denn je vernahm. Seine Brust schien bei jedem Ton leicht zu vibrieren. Dafür schien sich in seiner Hose nichts mehr zu regen und sie war zum ersten Mal froh darüber. Das hätte sie nur überfordert und aus ihrer sexlosen Seligkeit gerissen.

Sie hatte schon wieder zu schweben begonnen und er war wieder ganz bei ihr und um sie herum. Zusammen mit einem nie gekannten Glücksstrom schossen ihr Tränen der Freude in die Augen. Tränen, in denen sich die Zeit spiegelte, wo sie noch glaubte, dass ihr Vater sie genauso lieb hatte wie ihre Mama. Es musste sie gegeben haben, sie spürte es jetzt ganz deutlich. Aber es gab keine Bilder davon in ihrem Kopf, nirgendwo.

Irgendjemand hatte sie gestohlen und sie wusste nicht wer. Vielleicht war sie es selbst gewesen.

Sie schien in seinen Armen zu träumen. Zumindest hatte sie, wie so oft, die Augen geschlossen und schien im Geiste ganz woanders zu sein. Er hatte noch nie jemanden in diesem Zustand weinen sehen, aber zwischen ihren Wimpern flossen Tränen hervor und sie schien dabei froh zu sein, denn ihrem restlichen Körper war nichts davon anzumerken. Er reagierte perfekt, mit geradezu traumwandlerischer Sicherheit.

Ganz entblößt sah sie dabei überwältigend schön aus. Jedes Mal, wenn er sie an dem großen Spiegel vorbeiführte, vor dem sie sich noch kurze Zeit zuvor in einer Weise entäußert hatte, wie er es sich bei dem Anblick ihres nun fast kindlichen Lächelns gar nicht mehr vorstellen konnte, wurde ihre Haut durch das flackernde Licht der beiden großen Kerzen in pures Gold getaucht. Es gab kein Gramm zuviel an ihr. Jeder Quadratzentimeter ihrer Körperoberfläche lag absolut straff über den darunter liegenden Muskeln und Sehnen. Selbst da, wo das Fett ein unbedingt notwendiger Bestandteil des weiblichen Körpers war, gab es keinen Makel zu entdecken. Ja, sie war jung, unendlich jung. So jung, dass er sich unvorstellbar alt vorkam. So abgenutzt und verbraucht, dass er sich fast schämte, noch auf der Erde zu weilen.

Er kam sich auf einmal pervers vor. Was würde er von dem Mann seines Alters denken, der das gleiche mit seiner Tochter tun würde. Obwohl das hier nichts mit Inzest zu tun hatte, fühlte es sich jetzt so an und machte ihm ein schlechtes Gewissen. Schlimmer noch, es erstickte sein Verlangen nach ihr, weil er sich auf einmal ausbeuterisch und hinterhältig vorkam. Nicht einmal mehr zu väterlich-fürsorglicher Zuneigung war er mehr fähig. Aber er tanzte weiter und ließ sich nichts anmerken. Er wusste nicht, wie er ihr das, was in seinem Kopf vorging, verständlich machen sollte.

Erst die Wiederkehr der tausend klitzekleinen Schweißperlen auf ihrer Haut und ihr seliges Minenspiel verschafftem seinem Verstand Entlastung. Sie war weder seine Tochter, noch war sie gezwungenermaßen hier. Sie stand nicht unter Drogen und er hatte sie auch nicht mit einer unwiderstehlichen Summe Geldes zu dem veranlasst, was sie ihm bisher von sich geboten hatte. So viel besaß er gar nicht, denn als Prostituierte wäre sie absolute Spitzenklasse gewesen. Einfach unbezahlbar.

Er hörte wieder ihr Herz pochen, spürte wieder das tiefe körperliche Vertrauen, dass sie zum ihm gefasst hatte und schämte sich erneut. Wie konnte er nur in solchen Kategorien über sie denken. Was war er doch für ein Arschloch, dass er sie nur aus diesem sexuellen Blickwinkel wahrnahm. Eigentlich war sie unbeschreiblich lieb zu ihm, und das ohne jeden Hintergedanken. Sonst hätte sie sich gar nicht auf diese Weise vor ihm ausgezogen.

Sollte er nicht einfach nur dankbar sein, dass es sie gab, dass sie bereit gewesen war, zu ihm zu kommen, sich ihm so gezeigt und geöffnet hatte. War es nicht ein Geschenk des Himmels, dass ihr sein Alter egal war, dass sie ihn so akzeptierte, wie er war, und keine Bedenken hatte, sich nackt an ihn zu lehnen und sich von ihm führen zu lassen. Mit der Hand, die eben noch ihren Rücken hielt, streichelte er zärtlich über ihre nun wieder ganz sanft fallenden rotbraunen Haare.

Manchmal hatte er das auch auf den Salons mit ihr tun wollen. Aber sie hätte das dort vielleicht falsch aufgefasst und die anderen hätten etwas zwischen ihnen vermutet, was es nicht gab und von dem er zu diesem Zeitpunkt auch nicht wollte, dass es das geben würde. Es war kein rein platonisches Gefühl, das ihn in solchen Momenten bewegte, aber es war letztlich eines, das sich aus sich selbst heraus begrenzte. Es war ein Begehren, das absichtlich ohne Erfüllung blieb. Er verspürte es, wenn auch viel weniger, bei anderen Tänzerinnen, mit denen ihn eine ähnliche situative Harmonie verband. Jetzt allerdings war dieses Verlangen nicht mehr zu zähmen.

Während sie sich wieder fester an ihn schmiegte, um auch ohne den ihren Rücken stützenden Arm jede seiner Richtungswechsel mitzubekommen, glitt seine freie Hand über ihre Schulter, strich vorsichtig mit den Fingerkuppen über ihren Rücken und tastete sich langsam tiefer. Sie atmete etwas heftiger, was ihn erneut erregte. Das inzestuöse Gefühl fiel von ihm ab wie ein viel zu großer, abgetragener Mantel und er hoffte, dass es ihn nicht noch einmal stören würde. Es gab einfach keinen Grund dafür.

Sie spürte seine Hand endlich an der Stelle, wo sie sie sich unterschwellig schon lange hingewünscht hatte: Auf ihren Pobacken. Genauer gesagt spürte sie den Mittelfinger dieser Hand genau zwischen deren oberen Enden. Auf ihrem Steißbein. Welch ein banaler Name für ein Körperteil, dessen Berührung so erregend sein konnte, wenn es nur zart genug geschah. Er tat es mit der Fingerspitze, aber das reichte völlig aus, um sie unwillkürlich aufstöhnen zu lassen. Es klang wie ein Ja. Es entfleuchte ihrem Mund wie ein lange eingesperrter Vogel. Das zweite Mal hauchte sie es in sein Ohr. Ganz langsam, dann noch mal und noch mal. In immer kürzeren Abständen.

So ein Ja hatte er noch nicht gehört. Weder in dieser Tonart noch in dieser langsam ansteigenden Sequenz. Je tiefer er in die Rinne ihres herrlich runden Gesäßes mit seinem Finger herunter fuhr, desto eindringlicher wurde es. Es war wie ein Singsang und ihre Stimme wurde eins mit der Musik. Sie tanzten nur noch auf der Stelle, von Kopf bis Fuß eng aneinander geschmiegt.

Das Schwert vorm Tor ihres Venusgartens schlüpft wieder aus seinem Schaft und nahm sie auch von vorne in Beschlag. Sie hätte gar keine groß-en Schritte mehr tun können. Sie wollte auch keine mehr machen und er begriff das sofort. Wie er es geschafft hatte, ihren Reigen direkt vor dem Spiegel zu beenden, war ihr zwar ein Rätsel, aber eines, das sie nicht lösen wollte. Nicht in diesem Moment. Sie wollte, dass er jetzt in sie eindrang, und sie zeigte ihm das durch eine leicht zuckende Vorundzurückbewegung ihrer Hüften, auf die er zu ihrer Freude in gleicher Weise reagierte.

Dann jedoch drehte er sie mit einem kräftigen Ruck seiner beiden Hände, die wie durch ein Wunder auf einmal auf ihrer Hüfte lagen, um 180 Grad in Richtung Spiegel. Ehe sie überhaupt begriff, rutsche eine Hand wieder zurück zu ihrem Po, um nun Mittel- und Zeigefinger zusammen von hinten in ihre Scheide fahren zu lassen, während sie die andere Hand samt Beuge und Ellenbogen von hinten nach vorn umspannte und sie wie in einem Schraubstock festhielt.

Sie hatte ihm diesen harten Griff nicht zugetraut, war überrascht und euphorisiert zugleich. Er hatte sie in der Zange und es machte ihr nichts aus. Im Gegenteil, sie wurde geil wie lange nicht mehr. Erst recht, als er auch die gleichen zwei Finger der anderen Hand, die sie von vorne hielt, abwechselnd aus dieser Richtung in ihre Möse führte.

Wie sie sich auch bewegte, ob nach hinten oder nach vorne oder zur Seite, sie konnte diesen beiden sich in ihrer Wirkung auf und in ihrer

Vulva so herrlich ergänzenden Doppelfingern nicht mehr entkommen. Es war, als würde sie von hinten und vorne gleichzeitig genommen und schnell hatte sie heraus, dass es der höchste Genuss für sie war, wenn sie die Vorwärts- und Rückwärtsbewegung mit einem leichten Kreisen ihres gesamten Unterleibes kombinierte.

Ihr Gesicht war durch ihre Verzückung so sehr verändert, dass er sie, als er sie in dieser neuen Position zum ersten Mal im Spiegel sah, im ersten Moment gar nicht erkannte. Aus ihrem weit aufgerissenen Mund heraus schnellte ihre Zunge immer wieder ins Nichts, als wollte sie ihrem angestammten Gehäuse entfliehen. Mrs. Hide war auch in ihrem Antlitz angekommen. Selbst in ihrer Stimme. Seltsame Laute zischten aus ihr hervor und ihre Augen waren irgendwie verdreht. Als wäre der Leibhaftige in sie gefahren. Zum ersten Mal wurde ihm auch augenscheinlich klar, woher die Geschichte vom Teufel kam.

Sie hatte einfach nicht damit gerechnet, dass sie noch einmal so aus ihrer Haut fahren würde. Er anscheinend schon. Obwohl er mit seinem Finger eher spielerisch in ihren Poschlitz gefahren zu sein schien, hatte er sofort gemerkt, was daraufhin mit ihr geschah. Hatte ihr heftiges Stöhnen richtig interpretiert. Den Rest hatte er mit einer solchen Entschlossenheit und Raffinesse vollzogen, dass es sich dabei auf keinen Fall um das ersten Mal handeln konnte. Der Kerl wusste genau, was er tat, weil er es schon oft getan hatte.

Diese leichte Irritation ihres Restverstandes wurde jedoch von seinen geübten Fingern so schnell in so kleine Teile zerlegt, dass sie sie nicht mehr weiter beeinträchtigen konnte. Ihr Körper und das, was er mit ihnen darin anrichtete, bekam endgültig die Oberhand über sie. Die Person in ihr, die sie nicht kannte, um die er aber umso besser zu wissen schien, war wieder da. Ihr Gesicht verzog sich zu einer abscheulichen Grimasse, ihre Zunge wurde wie von Geisterhand aus ihrem Mund gezogen, und sie konnte es nicht verhindern.

Er wusste seit einiger Zeit, was man mit gezielten und regelmäßigen Griffen am Venushügel einer erregten Frau auslösen kann. In seinem Alter konnte er sich nicht mehr auf seine Lenden verlassen. Dass er diese Kniffe aber mitten aus einem Tango heraus einsetzen würde, hatte er sich bislang nicht vorstellen können. Erst recht nicht, dass eine Tanguera dabei noch einmal in den Rhythmus zurückfinden könnte, mit dem der Tanz begonnen hatte. Er hatte die Musik schon wieder gehört, als seine himmlische Teufelin mit ihren leicht kreisenden Hüftbewegungen begann. Die Melodie hatte ihn aber erst erreicht, als auch ihr seltsam melodisches Stöhnen zur Musik zu passen schien. Jetzt tanzte sie auf seinen Fingern und das trieb ihn zu immer neuen Spielen mit ihnen und mit ihr an.

Sie belohnte ihn dafür mit ihren völlig aus den Fugen geratenen, aber immer noch beeindruckenden Gesichtszügen und ihren in ihren schweren Atem einsprenkelten gutturalen, fast unmenschlichen und doch so eindringlichen Zisch- und Grunzlauten. Da war nichts Paradiesisches mehr und auch nichts Höllisches. Sie schien ein Tier geworden zu sein. Ein schönes Tier, aber doch ein Tier und er war sein Dompteur. Er war der von ihnen beiden, der Mensch geblieben war. Sofern Menschsein noch bei Verstand sein hieß. Er musste das auch sein, damit in diesem Zimmer nicht alles aus den Fugen geriet.

Trotz dieses nahtlosen Übergangs vom Tanz zur Penetration hatte sie nicht eine Sekunde aufgehört der Musik zu lauschen, fand sie wieder in ihren Rhythmus zurück. Es war verrückt, aber sie tanzte weiter und er reagierte darauf mit jedem Stoß seiner Finger. Ihr war so, als säße sie auf einer genitalen Schaukel. Jede Vor- und Rückbewegung bedeutete eine erneute, wunderbare und äußerst intensive Reibung in ihrer Lusthöhle . Zu einem dieser getragenen, aber doch so fulminant peitschenden Stücke von D´Arienzo.

Zusammen übertraf es alles, was eine Tangomusik je in ihr bewirkt hatte. Sie spürte jeden Ton, jedes Instrument, jede Nuance in der Phrasierung. Ihr Gesicht entspannte sich, ihr Atem wurde ruhiger und ihr Schoß so feucht, dass sie ein feines Rinnsal ihre Oberschenkel hinunter kriechen fühlte. Sie sah sich wieder klar im Spiegel. Es war nicht mehr diese ver-

schwommene Fratze, die sie im ersten Moment dieser Himmel- oder Höllenfahrt so erschreckt hatte. Es war wieder ihr angestammtes Gesicht.

Dahinter gab es allerdings ein anderes, das sie offensichtlich noch nicht kannte und das sie sehr erschreckte, als es erneut zum Vorschein kam. Mit aller Macht und je mehr er sie in dieser Weise von hinten und vorne gleichzeitig stieß. In ihrer Liebesgrotte braute sich durch diese wunderbare doppelte Reibung, die ihr bis jetzt noch kein einzelner Männerschwanz in dieser Raffinesse zu bieten in der Lage gewesen war, etwas zusammen, das sie in absehbarer Zeit gänzlich und endgültig zu überrennen drohte. Es kroch ihre Harnröhre entlang, rollte durch ihren ganzen Schoß wie ein Tsunami, stieg in ihr auf und über sie hinweg, um dann in ihrem Kopf einzuschlagen wie eine Bombe.

Sie holte ganz instinktiv und ganz lange Luft, um so laut zu schreien, wie sie es in ihrer größten Not nicht zu Stande gebracht hätte. Während das Zimmer über ihr zusammenzustürzen und der Spiegel in tausend glitzernde Stück zu zerbersten schien, spürte sie immer noch den Halt, den ihr dieser Mann hinter ihr gab. Mit seinem eisernen Griff und seinen weit auseinander gestellten Beinen war er ihr Fels in dieser inneren und äußeren Brandung, die in ihrer Körpermitte beginnend, den ganzen Raum eingenommen hatte und sie an den Rand einer Ohnmacht zu bringen drohte.

Vor Schreck hatte er seine Finger schon zu Beginn ihres Stimmtornados aus ihrem vor Feuchtigkeit überquellenden Schoß gerissen und sie unwillkürlich an seiner Hose abgewischt. Wie ein Schlachter das Blut an seiner Schürze. Als dieser unglaublich lange, helle, klirrende Schrei aus ihrem Munde drang, kam es ihm vor, als hätte er sie für immer an die archaische Welt der biologischen Instinkte verloren, als würde sie nie mehr von da zurückkehren. Sie war zu einer Furie in Menschengestalt geworden und er zweifelte für einen Moment daran, dass er sie sich je wieder als normales Erdenwesen vorstellen könnte. Aber er wünschte sich nichts mehr als das. Er wollte unbedingt, dass sie in seine Welt zurück kommt.

Jetzt, wo er eine Ahnung davon hatte, was sie für ihn bedeuten könnte, wollte er sie nicht mehr verlieren, wollte er dieses Geschenk aus einer anderen Sphäre behalten. Für immer! Sie war die Frau, nach der er so lange gesucht hatte. Sie verfügte über die Leidenschaft, die ihm so lange als Gegenüber gefehlt hatte. Er war nur nicht auf sie vorbereitet gewesen. Er hatte einfach nicht mehr geglaubt, dass es so eine Frau geben könnte. Egal, wie groß der Unterschied zwischen ihnen letztlich war, wie wenig sich ihre Erfahrungen glichen, ihre Körper waren füreinander geschaffen. Wie zwei Seiten der gleichen Medaille, wie zwei Magnete, die, wenn sie erst einmal zusammengestoßen sind, nicht mehr auseinander können. Nicht aus eigener Kraft.

Ihr Bewusstsein kam zurück. Er sah es an ihren Augen, die nicht mehr wie wild in ihren Höhlen rollten, sondern erneut Kontakt mit ihrer Umgebung aufnahmen. Im selben Moment wurde sie wieder wackelig auf ihren schönen muskulösen Beinen. Er war noch zu sehr von ihrem fast unheimlichen Akt der Entäußerung ergriffen, um handlungsfähig zu sein. Obwohl er damit hätte rechnen müssen, merkte er einfach nicht, wie sie wieder in die Knie zu gehen drohte. Ganz langsam, wie ein von seiner Frömmigkeit tief ergriffener Christ , den Kopf leicht nach vorne gebeugt, die Hände wie durch einen Zufall gefaltet. Dieses zweite Mal fing er sie erst im allerletzten Moment, knapp vor dem Aufprall, auf und trug sie, mehr als er sie führte, zum roten Sofa. Wie eine weiße Säule auf zwei roten hochhackigen Sockeln, die jede Sekunde zerbrechen konnte.

Ihre Augen waren starr nach vorne gerichtet, als bemerkte sie ihn gar nicht. Auf dem weichen Samt verwandelte sie sich in Sekunden in einen übergroßen nackten Embryo in roten Schühchen. Zusammengerollt und zitternd lag er da. In Windeseile holte er eine Decke und legte sie so über sie, dass nur ihr Kopf mit den verschwitzten, wild in alle Richtungen abstehenden, rotbraunen Haarbüscheln daraus hervorlugte. Er streichelte ihre Wangen. Immer wieder und wieder. Er traute sich nicht, sie irgendwo sonst anzufassen. Sie war jetzt nur noch Gesicht.

Was für einen schönen Mund sie hatte. Etwas zu groß und zu negroid für ihre ansonsten eher ebenmäßigen und schmalen Gesichtszüge. Warum hatte er ihn noch nicht geküsst? Im fiel ihre hechelnde Zunge vor dem Spiegel ein. Hatte sie es sich da gewünscht ? Er konnte es nicht, weil er in dieser Position ihre Lippen mit den seinigen unmöglich erreichen konnte. Das war der Nachteil dieser Befriedigungstechnik. Aber er hätte sie auf den Rücken küssen können. Warum hatte er auch das nicht getan? Weil er sie zu sehr als Tier empfunden hatte und solche Geschöpfe nie küssen würde? Aber wie konnte er sie nur auf eine solche Stufe stellen? Selbst in diesem Moment äußerster Extase war sie ein Mensch geblieben. Einer, der er nie sein konnte, nie sein würde. Der ultimative Mensch womöglich. In seinem verwirrten und zugleich hoch konzentriertem Hirn begann es zu dämmern wie nach einer langen, nicht enden wollenden Nacht. Warum war er nicht eher darauf gekommen?

Sie ist weder Mensch noch Tier, steht jenseits von alledem! Sie ist ein Geschöpf zwischen Himmel und Erde, eins, das sich in beiden Sphären gleich gut auskennt und deswegen auch um die Hölle weiß. Also kann sie nur ein Engel sein. Selbst seinem Verstand schien diese Erklärung plausibel. Oder war er dabei, zum Mystiker zu werden? Bislang hatte es in seinem Leben nicht die geringsten Anzeichen für eine solche Neigung gegeben. Im Gegenteil. Er hält schon die Leute, die ernsthaft Horoskope lesen, für Volltrottel. Aber die Vorstellung, dass sie nicht nur ein sinnbildlicher, sondern ein wirklicher Engel ist, gefiel ihm zusehends. Vielleicht war jede Frau ein Engel, wenn man(n) sie nur mit den richtigen Augen sah. Mit liebenden, nicht mit gierigen. Als Geschenk, als göttliche Leihgabe auf Zeit und nicht als Besitz. Je länger er in das Gesicht schaute, das neben ihm aus der Decke lugte, um so sicherer wurde er.

Er wollte diesen Engel endlich auch mit seinen Lippen liebkosen. Aber wie sollte das gehen, wenn es sich bei dem begehrten Objekt um ein Wesen aus einer anderen Welt handelte? Er entschloss sich, einfach nur seiner Eingebung zu folgen. Ihm fiel ein, wie er seine Frau geküsst hatte, als sie noch verliebt waren. Hingebungsvoll lang, ohne auch nur an Sex zu denken. Genau so wollte er es jetzt auch tun. Ohne geil zu werden, ohne Tangomusik zu hören. Wieso er nur die Pausentaste drückte, als er zu seinem CD-Player ging, konnte er sich selbst nicht erklären. Aber er genoss die plötzliche Stille, sog sie minutenlang in sich ein, bevor er wieder an das rote Sofa trat. Wie angenehm sie war nach all dieser Erregung. Als hätte ein alter Freund ihn in den Arm genommen.

Wieder neben ihr sitzend und sich erneut über sie beugend, sah er, dass sie eingeschlafen war. Nach der ersten Enttäuschung begann er, auch die Ruhe zwischen ihnen zu genießen. Ihm fielen die Jahre in seiner Ehe ein, in denen die Gewohnheit sich noch nicht mit dem Gift der Gleichgültigkeit vermischt hatte. Als er seine Frau noch gerne beobachtete, wenn sie auf dem Sofa eingenickt war. Wenn ihn dieses reine Geborgenheitsgefühl überschüttete, dieses nichts mehr voneinander Wollenmögens und sich trotzdem oder gerade deswegen miteinander Wohlfühlens. Dann hatte er seine Frau ganz sanft und lange auf die Lippen geküsst und war einfach nur zufrieden gewesen wie ein Baby, nachdem es an der Mutterbrust gesaugt hat.

Einmal jedoch war dabei etwas seltsam Schreckliches passiert. Etwas, was fürchterlich endete, obwohl es ganz harmlos angefangen hatte. Mit eben diesem zarten Kuss. Vielleicht, weil sie dieses eine Mal, durch einen Tagtraum angetrieben, darauf wie in den ersten Monaten ihrer Verliebtheit regagiert hatte. Er war davon genauso überrascht worden wie sie selbst. Es war wie das Durchfahren eines Zeittunnels. Selbst der Geschmack ihres Speichels war der gleiche und er brachte ihn genauso in Fahrt wie ihre schnell vorstoßende Zunge. Alles, was sich in ihm an sexueller Gier in den Jahren davor angestaut hatte, schien aus ihm herauszuplatzen und in seinen Stab hineinzuströmen. In Sekunden war er knüppelhart geworden, sprang förmlich aus seiner Hose, bevor er sie sich herunter riss.

Sie war noch nicht ganz wach, als er ihr zuerst die Decke und dann ihre Kleidung vom Leibe zerrte. In ihren Augen war die Angst eines eingekreisten Tieres gewesen und das hatte ihn noch geiler gemacht. Er konnte jetzt nicht mehr zurück. Er wollte sie nur noch ficken. Ficken, dass ihr Hören und Sehen verging. Eine Mischung aus Wut und Wolllust trieb ihn unaufhaltsam an.

Er warf sich auf sie, drang, obwohl sie noch völlig trocken zwischen den Beinen war, mit aller Macht in sie ein. Sie schrie vor Schmerzen, wehrte sich aber nicht. Er dagegen presste sein steifes Glied wie von Sinnen in sie hinein, immer wieder, bis ihre Schreie verstummten, es immer leichter ging, weil es feuchter und feuchter in ihr wurde. Das Blut aus seinem wildgewordenen Schwengel schien direkt in sein Gehirn zu strömen. Sein Kopf drohte zu platzen. Es war, als stünde er in einer U-Bahn-Röhre, während ein Zug ganz knapp an ihm vorbeiraste.

Er war außer sich, riss seine Frau an den Haaren herum, um sie von hinten zu nehmen, drang aus übergierigem Versehen in ihren Anus ein. Ein erneutes, wildes und inbrünstiges Schmerzgebrüll ließ ihn wieder zurückfahren und fieberhaft den richtigen Eingang suchen. Es gelang ihm nicht. Er warf sie wieder auf den Rücken. Sie hatte Tränen in den Augen. Ihre Pupillen aber glühten unter dem salzigen Flor der Flüssigkeit vor Hingabe und Lust. So hatte sie ihn noch nie angesehen.

Als er wieder von vorne in sie eindrang, tat sie etwas, was sie noch nie zuvor mit ihm gemacht hatte. Sie ergriff seine beiden Hinterbacken wie eine Ertrinkende und begann sich ihm entgegen zu stemmen. Erst etwas unbeholfen, dann jedoch mit solcher Geschmeidigkeit, dass sie sich in kürzester Zeit in einem gleichzeitigen Auf und Ab befanden. Sie war jetzt die aktive und schnaufte dabei wie ein Walross. Er fühlte sich getragen wie auf einer immer wiederkehrenden Meereswelle.

Als sie kam, schluchzte und lachte sie lauthals und hemmungslos, bis sie sich fast verschluckte. Dazwischen küsste sie ihn wie verrückt auf den Mund, bis es ihm den Atem nahm. Er hätte sich fast erbrochen, aber er war trotzdem satt und zufrieden gewesen. Das erste Mal in seinem Leben, auch ohne sich in sie entladen zu haben.

Warum ihm diese Geschichte gerade jetzt einfiel, wusste er nicht. Vielleicht weil sie gar nicht so schrecklich war, wie sie ihm am Anfang seiner Erinnerung schien. Vielleicht, weil die Frau, die nun still und entspannt vor ihm lag, auch so aus ihrer Haut gefahren war, wenn auch aus einer viel makelloseren. Vielleicht, weil ihn wieder einmal die Sehnsucht nach der zweisamen Geborgenheit überkommen hatte. Vielleicht aber auch, weil es in Wahrheit der Anfang vom Ende seiner Ehe gewesen war, denn so hatte er sie danach nicht noch einmal erlebt.

Letztlich war es egal. Das alles war lange her. Aus und vorbei. Er verspürte das dringende Bedürfnis, den Rest seiner Kleidung loszuwerden. Splitternackt lag er neben seinem Engel und empfand es wie eine Befreiung. Er fühlte sich ihr nicht mehr überlegen, hatte große Lust, mit unter ihre Decke zu kriechen und still neben ihr zu verharren, ohne sie zu berühren. Stattdessen zog er sie von ihr weg wie ein kleiner Junge, der die Gelegenheit hatte, etwas bislang Verborgenes zu entdecken.

Es war wie die Enthüllung einer Statue, denn sie hielt ganz still. Entweder schlief sie noch oder sie wehrte sich absichtlich nicht dagegen. Je größer ihre Blöße wurde, desto mehr schien sie es zu genießen. Als sie kein einziges Stück Tuch mehr bedeckte, räkelte sie sich, ohne die Augen zu öffnen, wie eine gerade erwachende Katze. Sie hatte immer noch ihre roten Schuhe an. Sie schienen an ihren Füßen festgewachsen zu sein. Wie beim gestiefelten Kater. Es war ein Wunder, dass sie nicht augenblicklich zu schnurren begann.

Was hinderte ihn daran, sie endlich von ihren Hochhackigen zu befreien? Erschien sie ihm ohne sie unvollständig? Wie ein Mensch ohne Füße? Wie ein Engel ohne Flügel? Je länger er sie betrachtete, desto mehr begann ihm sogar ihr Kleid an ihr zu fehlen. War es das Bild vom Anfang dieses Abends, dieser Nacht? Als sie vor ihm stand und den Mantel fallen ließ? Er würde es nie mehr vergessen können. Diese Schuhe, dieses Kleid und diese Frau bildeten eine untrennbare Einheit. Sogar das glühend rote Stück Seide, das jetzt völlig unbeseelt vor dem Spiegel lag, schien das zu begreifen, schien Sehnsucht nach seiner Herrin zu haben.

Er hob es an den fadendünnen Trägern hoch und legte es vorsichtig neben sie. Im ersten Moment schien es sich farblich im Sofa aufzulösen und machte so das Bild von der perlmuttweißen Haut auf samtig rotem Grund perfekt. Sie hielt die Augen immer noch fest geschlossen und regte sich nicht. Wie eine dieser sündhaft teuren Porzellanpuppen in den Kitschläden für Reiche. Als wollte sie ihm beweisen, dass nur er sie bewegen, nur er sie wieder anziehen könnte.

Aus ihren unauffällig schmal geöffneten Augenschlitzen hatte sie mitbekommen, wie er sich ganz nackt neben sie setzte. In dieser Haltung gab es schon eine oder zwei Speckrollen an seinen Hüften zu sehen. Sonst hatte er sich ganz gut gehalten. Nur das schüttere Haar und die üblichen Falten an den üblichen Stellen verrieten ganz deutlich, dass er viel älter sein musste als sie. Wie viele Jahre es genau waren, hatte sie nie interessiert, worüber er ganz froh gewesen zu sein schien. Vielleicht machte ihn das lichte Grau auf seinem Kopf aber auch älter, als er wirklich war. Das würde seine immer wieder erstaunliche körperliche Kraft und Dynamik erklären.

Das Rascheln des Kleides verscheuchte ihre Gedanken und ließ sie ihre Augenlider wieder ganz fest schließen. Sie spürte seine unverhohlenen Blicke. Sie waren zu Boten seiner Hände geworden. Er brauchte sie nicht mehr direkt einzusetzen. Es reichte aus nur daran zu denken, was sie mit ihr tun würden, um ihren Unterleib fast automatisch in diese kreisende Bewegung zu versetzen, die ihr so viel Lust verschafft hatte. Sie musste alle ihre Disziplin aufwenden, um die euphorisierende Wirkung des Blutes zu unterdrücken, das wieder unaufhaltsam in ihren Schoß drang.

Unsichtbar langsam brachte sie ihren Körper in eine waagerechte Ausführung der Figur des goldenen Schnittes. Sie wollte so aussehen wie eine dieser wunderbar glatten Porzellanpuppen ihrer Kindheit, die so teuer waren, dass sie nur eine Einzige davon je ihre eigene nannte. Wie oft hatte sie diese mit gleichmäßig und zugleich achsensymmetrisch ausgestreckten Gliedmaßen vor sich hingelegt und unverwandt angestarrt. Irgendwann ließ sie sie aus Versehen auf den Steinboden in der Küche ihrer Eltern fallen und sie zersprang in tausend Stücke. Ihre Mutter hatte getobt, sie selbst hatte tagelang geheult und ihr Vater hatte vergeblich versucht, das keramische Wunder wieder zusammenzukleben.

Jetzt wollte sie selbst die Puppe sein. Für ihn. Seine Puppe. Sie würde nicht auf dem Boden zerscheppern, sondern sich weich abfedern und wieder aufstehen. Mit ihr konnte man nicht nur tanzen, ohne dass sie umfiel, mit ihr konnte man ficken, ohne sie zu zerbrechen. Sie wollte nicht mehr nur seine Finger in sich spüren, sondern ihn selbst und sein erektiles Verlangen.

Er schien nicht mal im Traum daran zu denken. Stattdessen nahm ihr Kleid und legte es so vorsichtig und zugleich präzise über ihren Körper, dass er wie angezogen aussah. Genau wie bei diesen Papierfiguren, für die man verschiedene Anziehsachen ausschneidet, um sie immer neu auf ihnen zu kombinieren. Als er ihr endlich diesen filigranen Fetzen roten Tuches selbst überstülpte, ließ sie es sich gefallen wie eine Tote. Eine gerade verstorbene Tote, die noch rosig war. Er sollte merken, dass sie Spaß daran hatte, wie eine Puppe behandelt zu werden. Eine jedoch, die lebte.

Und wie sie lebte. Als seine beiden Hände ganz sanft ihre Füße erfassten und sich an ihren Unterschenkeln entlang auf ihre Knie zu bewegten, konnte sie nicht anders, als sie spontan aufzurichten und abzuwinkeln. Dass ihr Kleidsaum dadurch wieder höher rutsche, war eine unbeabsichtigte, aber ihr doch willkommene Nebenwirkung. Sie öffnete ganz leicht ihre Schenkel und hielt die Augen weiter fest geschlossen, während das rote Tuch noch ein Stück weiter in Richtung ihrer Scham rutschte.

Seine Hände waren mit leichten Kreisbewegungen, die sich bis in die einzelnen Fingerspitzen fortsetzten, in ihren Kniekehlen angekommen. Vielleicht waren es die eines Klavierspielers. Aber sie hatte kein solches Instrument gesehen. Es tat nichts zur Sache, denn die Reise seiner zärtlichen Greifer ging weiter aufwärts, ganz symmetrisch und gleichzeitig an beiden Oberschenkeln in diesen immer noch kreisenden, fast übertrieben vorsichtigen und dafür umso intensiver wirkenden Berührungen. Hätte sie die wenigen Haare an ihren Beinen nicht systematisch wegrasiert, sie stünden ihr jetzt zu Berge.

Ihr Unterleib begann sich wie ferngesteuert diesen Händen entgegenzustrecken. Als hätte er es vorweg geahnt, verlangsamte er die Aufwärtsrichtung seiner beiden feingliedrigen Freudenspender. Wieder ganz symmetrisch und gleichzeitig. Nicht, dass sie bewegungslos blieben, sie kamen ihrem Schoß nur einfach nicht mehr näher, umrundeten stattdessen ihre Schenkel, um dann überraschend fest zuzugreifen. Ein gewaltiges inneres Rauschen ging durch ihre Vulva und ihr Unterleib geriet in ruckartige Vorwärtsbewegungen. Als wäre sein Liebesschwert schon in sie eingedrungen. Der Kerl wusste einfach, wie es geht. Das war irgendwie beängstigend, hatte etwas Teuflisches. Sie begann sich ausgeliefert zu fühlen. Und unendlich zu ihm hingezogen.

Er wusste schon lange, dass die meisten Menschen an Füßen und Unterschenkeln für jede Art von zarter Berührung viel empfänglicher waren, als sie es selbst für möglich hielten. Als er noch jünger und unerfahrener war, hatte ihm eine Freundin angeboten, ihn dort zu massieren. Nicht wie nach dem Sport zur Entspannung, sondern um ihn zu erregen. Er fand ihr Anliegen damals äußerst ungewöhnlich. Seine immer schon zu große Neugierde wurde ihm jedoch selten so belohnt: Mit einer sehr kurzen, aber dafür um so erotischeren Liaison.

Nicht so bei einem späteren Partnermassagekurs in der Volkshochschule . Es ging um „Wohlfühlen in der Harmonie“, nicht um Sex. Er fand aber, dass beides ohne weiteres zusammenpassen könnte und war damit zu seinem Leidwesen in diesem Kurs nicht nur in der absoluten Minderheit, sondern für die anderen Teilnehmer und vor allem für die Lehrer ein Ärgernis.

Er wollte lernen, die Frauen besser zum Orgasmus zu bringen. Sie waren danach viel umgänglicher als davor. Seine Tochter würde sagen, nicht so zickig. Wenn es einem Mann gelang, eine Frau regelmäßig zu befriedigen, dann hatte er es auch selber besser. Das war neben der giftigen Seite der Gewohnheit die zweite große Lehre, die er aus seinen langen Ehejahren gezogen hatte. Beide hingen direkt miteinander zusammen. Wenn ein Mann eine Frau nicht immer wieder attraktiv findet, bekommt er irgendwann keinen mehr hoch. So einfach war das und so kompliziert.

Für ihn wurden auch die wichtigen Menschen, ja sogar die, die er liebte, früher oder später langweilig. Nur bei seinen Kindern war das anders gewesen. Die änderten sich ständig, zumindest in den ersten 20 Jahren. Das war manchmal sehr anstrengend, aber meistens sehr spannend gewesen. Ohne sie wäre ihm vielleicht früher aufgefallen, wie schnell ihm seine Frau gleichgültig geworden war.

So gebildet, so witzig sie gewesen war, so viele gemeinsame oder ähnliche Interessen sie hatten, sie war einfach zu viel um ihn herum gewesen. Vor allem nachts. Eigentlich fast jede Nacht, denn sie fuhren auch in den Urlaub zusammen und fanden das ganz normal. Wie hatte er das nur so lange aushalten, wie hatte er sein Verlassenwerden nur als Desaster empfinden können? Es war eigentlich sein Glück gewesen. Er konnte noch mal von vorne anfangen, ohne die alten Fehler zu begehen, die da schlicht und einfach hießen: Zu viele Gewohnheiten, zu wenig Orgasmen.

Von da an begriff er Liebe und Sex als eine Kunst, die man erlernen kann und muss. Er hatte sich dabei auf den Sex konzentriert, weil er mit der Liebe nicht mehr so viel anfangen konnte. Der Frauenkörper war ihm dagegen im wahrsten Sinne des Wortes begreiflich geworden. Auch der, der jetzt vor ihm lag. Lasziv ausgestreckt, puppenhaft und doch seltsam lebendig. Springlebendig sogar, denn schon der Griff an seine untersten Glieder brachte ihn in Hochspannung. Man(n) musste es nur richtig anstellen. Weniger war dabei, wie so oft im Leben, mehr. Manchmal konnte sogar das Innehalten, der totale Stillstand , viel mehr auslösen als jede noch so perfekte Bewegung. Auch beim Tango war es so, denn dann spürte man seine Partnerin am intensivsten.

Deswegen hatte er kurz vor dem Ziel innegehalten und die Aufwärtsbewegung seiner beiden Hände gestoppt. Länger als sonst, denn bei dieser Frau lernte er ständig dazu. Genau das war die wesentliche Lehre, die er aus dem Studium des Kamasutra gezogen hatte: ständig darauf zu achten, wie die Partnerin auf jede noch so kleine Berührung reagiert. Nicht die eigene Aktion, sondern die

Reaktion der Frau ist die Leitlinie des Handelns. Beim Sex hat er der Frau zu folgen und nicht umgekehrt. Das Verrückte ist, dass man sie erst dadurch wirklich beherrschen kann.

Sein Zögern machte sie fast wahnsinnig und die Worte, die auf einmal über ihre Lippen flossen, kamen aus einem ihr unbekanntem Sprachzentrum: „Fick mich bitte. Bitte, fick mich", hörte sie sich sagen. Es war eine flehende Stimme. Eine Stimme, die sie noch nie vernommen hatte. Es war nicht ihre Art, um etwas so unterwürfig zu bitten. Schon gar nicht darum. Jetzt tat sie es und konnte kein Ende mehr finden. Erst lauter und noch hingebungsvoller, dann leise, fast winselnd, dann fordernd, fast frech, dann befehlsartig schneidend, dann freundschaftlich überredend, dann wieder verlockend sanft.

Wie viele lautsprachliche Variationen es für diese wenigen, immer gleichen Worte gab? Sie waren offensichtlich immer schon in ihrem Gedächtnis gespeichert gewesen. Nur, dass sie ihr nicht nützten. Er war taub für ihre Bitten. Er schaute sie nur an und schien völlig hingerissen von ihrer Art, ihn zum Koitus aufzufordern. Es war offensichtlich nicht nur sie, die so etwas noch nicht erlebt hatte. Einen Moment lang fühlte sie sich nicht mehr so abhängig von ihm. Doch sie war es mehr denn je, und zu ihrem Schrecken begann sie, es zu genießen. Nein, noch schlimmer, es potenzierte ihre sowieso schon riesige Geilheit zu einem Hochgebirge der Lust.

Nicht, dass ihn noch nie eine Frau gebeten hatte, in sie einzudringen. Doch wie diese Frau es tat und wie oft , war auch für ihn schier überwältigend. Er war sich nicht mehr sicher, wer hier wen beherrschte, konnte sich nicht satt an ihrem Flehen hören. Sie wiederum trieb sein dadurch über die Maßen verlängertes Innehalten zu immer stärkerem Bitten an. Was für ein herrliches Spiel. Was für eine Steigerung der Lust und was für eine Erektion zwischen seinen Beinen. Es gab zumindest beim Sex eine Art der Unterwerfung, die den Unterwerfenden gleich mit unterwarf.

Als sie plötzlich ihr Flehen beendete, seinen pralles Glied in ihre rechte Hand nahm und es sanft, aber sehr bestimmt vor ihre glühende Grotte zog war er nur für eine Sekunde überrascht. Dann stieß er unwillkürlich zu. Er konnte nicht mehr anders. Er musste sie jetzt haben, und wenn sie sich in diesem Moment verweigert hätte, wäre er zum ersten Mal in seinem Leben zum Vergewaltiger geworden. Nein, zum zweiten Mal. Gerade deswegen hätte er sich dafür am Ende sehr schuldig gefühlt. Aber er hätte es getan.

Dieser Gedanke verflog so schnell wie er gekommen war, denn von nun an hatte sie *ihn* im Griff. Im doppelten sogar, denn sie umschloss nicht nur seinen Luststachel mit ihren Venusmuskeln, sie schnappte mit ihnen geradezu danach. Gleichzeitig und blitzartig wie eine Schlange umschlang sie ihn mit ihren Armen. Wie eine fleischfressende Pflanze. Dass sie ihre Mahlzeit nur auf Zeit in sich aufnehmen würde, um sie dann unversehrt wieder herauszugeben, tröstete ihn ungemein. Es war der letzte Gedanke, den er noch einigermaßen klar erfassen konnte, denn Sekunden später waren sie beide nur noch ein einziges ununterscheidbares großes Fleischknäuel, das sich auf dem roten Sofa hin- und herwälzte wie ein meschuggener Haushund.

Schluss mit dem Puppendasein! Sie war wieder aktiv geworden. So wie es eigentlich ihre Art war. Sie hatte sein Liebesschwert ergriffen, ihn in sich eingeführt, und er hatte sich nicht gewehrt, im Gegenteil, er schien darauf gewartet zu haben. Endlich war er in ihr, hatte sie ihn in sich aufgenommen, gehörte er nur ihr. Sie war nun seine einzige Umgebung, sein Haus, sein Hafen, seine Höhle. Seine Zunge drang in ihren Mund ein. Sie saugte so gierig daran, dass ihre beiden Sprechmuskeln ein ähnliches Knäuel wie ihre Körper bildeten. Doppelt aneinander gedockt, am Kopf und am Schoß, schien es, als würde ein Energiekreislauf geschlossen, der ihre Lust aufeinander wie in einer Spirale immer weiter nach oben, in immer neue Sphären trieb.

Sie waren jetzt eine Person, zwei Seiten der gleichen Sache, bis zum Rand mit Leidenschaft und Glück gefüllt, und sie wusste das eine vom anderen nicht mehr zu unterscheiden. Wozu auch, sie war am Ziel ihrer Wünsche angelangt. Er fickte sie und sie fickte ihn. Er küsste sie und sie küsste ihn und sie passten dabei perfekt zusammen. Das war das Einzige, was jetzt noch zählte. Auch von außen schauten sie wie ein einziger Kör-

per aus. Einer, der eine rote und eine weiße Hälfte besaß und von dem man nie wusste, welche gleich zu sehen war. So wild waren ihre gemeinsamen Drehungen und Zuckungen.

Ihre roten Schuhe lösten sich aus dem Gliederwirrwarr, flogen im hohen Bogen durch den Raum wie zwei Granatäpfel, in denen jeweils noch das Schälmesser steckte. Ihnen folgte nach einer höchstens drei Sekunden dauernden Trennung der beiden so aufeinander versessenen Leiber ihr rotes Seidenkleid, das, zumindest solange es in der Luft schwebte, einer kleinen Revolutionsfahne ähnelte. Als wollte es Zeichen geben für das Neue, Einmalige und Besondere, das zwischen den beiden Menschen geschah, die es als letztes Trennendes zwischen sich entfernt und von sich geworfen hatten.

Was für eine enge, weiche, heiße, herrlich schlüpfrige Höhle. Ja sie war auch innen jung und knackig. Davon ließ sich seine Manneskraft gerne verschlingen. An ihren wilden Mund musste sich der seinige jedoch erst gewöhnen. Hier gab es kein Vorspiel. Ihre Zähne knallten durch ihre wulstig weichen Lippen hindurch aufeinander. Ehe seine Zunge überhaupt richtig eindringen konnte, hatte sie sie schon in ihren Schlund hineingesogen, so dass er heftig und schnell durch die Nase atmen musste, um nicht zu ersticken.

Glücklicherweise schien sie zu merken, dass er so schnell nicht mitkam, und die Saugkraft ihres Essorgans schwächte sich etwas ab. Sie ließ ihn durch den Mund Luft holen und seine Zunge neu sortieren. Danach fühlte sich auch ihre zarter an, denn sie stieß sie nun ganz vorsichtig gegen die seine. Er hätte so gerne auch ihre Wangen, Augen und ihren Nacken geküsst, aber ihr Mund war wie ein Magnet. Sie machte ihn dazu. Wenn er auch nur etwas mit seinen Lippen auf Abwegen geriet, fingen die ihrigen sie wieder ein. Aber nicht nur darin war sie eine große Meisterin.

Ihr ganzer Körper war von Kopf bis Fuß mit dem seinigen in den gleichen Schwingungen. Sie ließ nirgendwo locker. Sie wollte es wissen. Unterwerfung war nicht mehr, war vorher. Vielleicht wieder danach. Nicht jetzt. Sie drehte ihn mit seinem eigenen Luststab als Hebel unter sich, ohne ihn auch nur einen Moment aus sich heraus zu lassen. Sie wollte jetzt die Herrin sein, Herrenreiterin. Insgeheim wünschte sie sich eine Peitsche in ihrer Hand. Sie fühlte Stolz auf ihre herrlichen Brüste, die in heftigste Bewegung gerieten, ohne ihre Form wesentlich zu verändern. Ihr Mund war wieder auf dem seinigen und saugte sich erneut fest. Ihre Hüften blieben auf seinem Becken, hoch beweglich wie die einer Sambatänzerin.

Er war überwältigt von so viel körperlicher Kunstfertigkeit. Sie wusste, wie es geht, und bekam nicht genug davon. Sie war nicht nur ein Tanz-, sie war auch ein Fickengel. Er war sich jetzt allerdings nicht mehr sicher, ob er diesem noch gewachsen war. Nicht der Anschein eines erlösenden Orgasmus stand in ihrem Gesicht zu lesen. Eher ein Siegerlächeln und ein ruhiger fester Atem, der ganz in ihre kreisenden Auf- und Abbewegungen integriert war. Noch war sein kleiner großer Freund steif genug, um ihren Stößen zu trotzen. Aber wie lange noch?

Dieses Mal wollte sie ihn zum Orgasmus bringen, sollte er in sie hinein spritzen, egal, ob sie mitkam oder nicht. Das war sie ihm, nachdem, was er in den letzten Stunden in ihr ausgelöst hatte, einfach schuldig. Obendrein war es ein tolles Gefühl, ihn im Griff zu haben. Es gab Männer, die das nicht mochten. Sie schienen ihr genauso verkorkst zu sein wie die Diskussionen, die sie mit ihnen danach über die Rolle von Frau und Mann hatte führen müssen.

Das Exemplar, was unter ihr lag, hatte offensichtlich keine Probleme damit. Im Gegenteil. Und es küsste so gut und so gerne wie sie. Das machte alles irgendwie liebevoller. Sie brauchte das. Liebe beim Sex. Auch wenn es vielleicht nur eine Selbsttäuschung war. Manchmal ging es auch ohne. Dann hatte sie nur das pure physische Gegenteil von sich selbst nötig, und das sehr dringend. Wohler, viel wohler fühlt sie sich, wenn es nicht so ist.

Es war ihm zum Prinzip geworden, dass die Frauen, die mit ihm ins Bett gingen, wenn irgendwie möglich zum Orgasmus kamen. Egal, ob ihm das für ihn selbst auch gelang. Das Abspritzen war für ihn schon lange nicht mehr das, was ihn beim Sex am meisten beglückte. Er hatte es in der Wirkung immer als zu kurz und zunehmend auch als langweilig empfunden. Es war letztlich immer dasselbe und danach war ihm sein Gegenüber in beängstigend regelmäßiger Weise gleichgültig. Auf jeden Fall viel gleichgültiger als vorher.

Wenn er jedoch die Ejakulation hinausschob, oder besser noch, gar nicht abspritzte, war das für ihn viel geiler und sein Glied blieb viel länger steif. Heute Nacht schien ihm das allerdings nicht gelingen zu können. Seine Lanze zeigte erste Schwächeerscheinungen. Er musste etwas tun, ehe sie es auch spürte. Mit einem Ruck richtete er sich und sie so auf, dass sie mit um seinen Rücken geschlungenen Beinen auf ihm saß. Sie war darüber sichtlich verwirrt, aber das war ihm egal, musste ihm egal sein. Bei der körperlichen Liebe wollte er keine Niederlage. Nicht bei ihr. Keine zumindest, die sie mitbekam.

Ihre Verstörtheit ausnutzend, wälzte er sich mit ihr, ohne ihren Kopf loszulassen, zur Seite und glitt, sie immer wieder küssend, aus ihr heraus. Alle seine Zärtlichkeit übertrug sich in seine Lippen, um den Verlust seiner Lendenkraft auszugleichen. Am liebsten wäre er nur noch Mund gewesen und hätte ihren ganzen Körper zentimeterweise abgeknutscht.

Außer seinen fast gewalttätig gierigen Lippen spürte sie gar nichts mehr. Warum hatte er sie so aus dem Takt gebracht? Es war doch alles so rundum gut gewesen. Sein Glied war etwas weicher geworden. Aber was machte das schon. Sie hätte ihre Bewegung verlangsamt und ihn in sich ruhen lassen, bis er sich wieder erholen würde. Bei den meisten Männern war das so. Und wenn das nicht mehr der Fall gewesen wäre, dann wäre sie auch damit gut klar gekommen. Dieser Mann hatte ihr alles und mehr gegeben. Seine Küsse waren so innig gewesen. Jetzt hatte er sich von ihr in der Mitte getrennt und presste seinen Mund so krampfhaft auf den ihrigen wie ein Pennäler beim ersten Rendezvous.

Sie wurde wütend, entzog ihm ihre Lippen. Was sollte dieser Quatsch? War das wieder eine seiner Raffinessen? Diese fand sie auf jeden Fall grässlich, geradezu abstoßend. Sie packte ihn an beiden Schultern und schüttelte ihn. Ihr fiel nichts Besseres ein, denn ihre Stimme versagte ihr ihren Dienst. Er versuchte sich ihrem Blick zu entziehen, aber sie hielt ihn fest und fixierte ihn mit dem ihrigen. In seinen irrlichternden, weit aufgerissenen Augen war Angst, abgrundtiefe Angst.

Je länger sie ihn fixierte, desto größer schien seine Panik zu werden. Es sah so aus, als würde er sich jeden Moment mit Gewalt von ihr losreißen und nackt aus dem Zimmer, ja vielleicht sogar aus der Wohnung rennen. Sie hielt ihn noch fester, brachte alle ihre Kraft dazu auf. Er durfte jetzt nicht weglaufen. Sie wollte ihn bei sich haben, egal, ob er sich fürchtete oder nicht. Erneut durchströmte sie tiefe Liebe zu ihm und zum ersten Mal drang sie in ihr Bewusstsein.

Er begann zu zittern, bebte am ganzen Körper. Ein Schluchzen brach *aus ihm heraus, so abrupt und erschütternd, wie sie es lange nicht mehr gehört hatte. Ihren Vater hatte sie einmal so erlebt, nachdem er einen heftigen Streit mit ihrer Mutter gehabt hatte. Das Einzige, was sie im Nebenzimmer verstanden hatte, war, dass es dabei um sie ging. Sie war damals keine sechs Jahre alt, aber sie hatte dieses Weinen ihres Papas nie vergessen. Sie war zu ihm gegangen und hatte ihn zu streicheln versucht, aber er hatte es gar nicht bemerkt. Vielleicht, weil er sie vor lauter Tränen nicht mehr hatte sehen können. Der Mann, den sie jetzt wie im Zangengriff hielt, weinte aber nicht wirklich. Es war viel schlimmer. Eine Art trockenes Pfeifen drang aus ihm hervor, als bekomme er keine Luft mehr. Jetzt bekam auch sie es mit der Angst zu tun. Sie rüttelte ihn heftiger als beim ersten Mal. Als wäre er eine schwer zu öffnende Tür. Seine Augen traten für einen Moment aus den Höhlen und er hustete so gotteserbärmlich, dass sie meinte, er würde jeden Moment sterben. Dann, ganz plötzlich, atmete er tief durch und alles hörte mit einem Schlag auf.*

Eine tonnenschwere Last fiel von ihrer Brust. Der Wunsch, ihn zu küssen, war übermächtig. Er ließ es fast apathisch mit sich geschehen. Er hatte sich zwar beruhigt, war aber von seiner Reise in eine andere, düsterere Welt noch nicht ganz zurück gekehrt. Sie war jetzt die Stärkere von ihnen beiden, war die, die ihm Halt gab. Endlich war es einmal umgekehrt. Er lehnte sich an sie und ließ sich von i h r streicheln. Das erste Mal heute Abend, das erste Mal überhaupt, seit sie ihn kennen gelernt hatte. Er war wie ein Kind, das Trost in den Armen seiner Mutter suchte. Derselbe Mann, der sie so sicher über das Parkett geführt, der für den gewaltigsten Orgasmus ihres bisherigen Liebesdaseins gesorgt, vor dem sie den ersten Striptease ihres Lebens hingelegt hatte, ohne sich dabei nur eine Sekunde zu schämen.

Er schien immer noch ein wenig betäubt zu sein und sie hätte gerne gewusst, wieso. Woher war auf einmal diese verdammte Angst gekommen, die sie bei ihm nie wahrgenommen, mit der sie bei ihm zuallerletzt gerechnet hatte. Ihr war er bisher als einer der wenigen richtigen Männer erschienen, die sie kannte. Selbstbewusst, gelassen und stark wie ein souveräner Tanguero sein sollte. Welchen Grund hatte so ein Mann, in solch einen Zustand zu geraten?

Eine neue Welle der Zuneigung überschwemmte sie. Sie küsste ihn heftiger und ihre Lippen formten die Worte wie von selbst: Ich liebe dich. Sie wiederholte sie, um sich zu vergewissern, dass sie von ihr stammten. Es klang ganz selbstverständlich. Als sie sie das dritte Mal sagte, schaute sie ihm direkt in die Augen und er schien ihr zum ersten Mal zugehört zu haben. Er schien sogar zu verstehen. Er lächelte sie an. Die Angst war seinem Antlitz entwichen. Er strahlte und in seinem Blick war etwas, was sie bislang noch nicht bei ihm gesehen hatte: Glück. Er sah glücklich aus. Er strahlte vor Glück.

Wann war er das letzte Mal so froh gewesen? Er konnte sich nicht erinnern. Ohne es zu merken, hatte sie ihn gleich doppelt gerettet. Sie hatte nicht gefragt, woher seine plötzliche Angst kam, sondern abgewartet, bis sie vorüber war, und sie hatte ihn daran gehindert wegzulaufen. Dieser verdammte Druck, sexuell nicht versagen zu dürfen, saß tief in ihm. Das wusste er seit langem. Es war wie eine in seinem Kopf eingebaute Guillotine.

In seiner Ehe war sie verschwunden. Danach hatte er sie durch eine immer perfektere Liebestechnik in den Griff bekommen. Seltsamerweise hatte ihn das auch in seinem Berufsleben immer erfolgreicher gemacht. Erkauft hatte er sich das alles mit einer tiefen inneren Gleichgültigkeit, die nach außen als Coolness goutiert wurde. Dieses geheime Schutzschild war von seinem Engel durchbohrt worden. Die Hitze seiner überirdischen Leidenschaft hatte ihn verglühen lassen und die Angst dahinter war hervorgebrochen wie ein zu lange eingesperrtes Tier aus einem unerwartet geöffneten Käfig.

Natürlich wäre er nicht so nackt, wie er war, aus der Wohnung gerannt. Er hätte sich angezogen und wäre gegangen, wortlos, ohne jede Erklärung und erst wieder gekommen, wenn diese Frau sein Haus verlassen hätte. Der Engel in ihr hatte aber nicht nur abgewartet, bis seine Angst verflog, sondern er hatte auch mitgeholfen, sie zu vertreiben. Er war stark genug, den Dämon zu besiegen, den er selbst hervorgebracht hatte. Vom Lustengel zum Schutzengel war es für dieses Zwischenwesen anscheinend nur ein klitzekleiner Schritt. Von der leidenschaftlichen zur liebenden Frau offensichtlich auch. Oder war das eins? Zum ersten Mal seit langer, langer Zeit hatten ihm solche Worte ein Gefühl von Geborgenheit gegeben. Vielleicht hatte er sich aber auch einfach nur verhört.

Egal, er war wieder ganz entspannt, fühlte sich so locker und frei wie lange nicht mehr. Er wollte wieder Tangomusik hören und er wollte ihr sagen, dass er sie auch liebte, brachte es aber nicht heraus. Stattdessen löste er sich aus ihrer Umarmung, nahm ihren Kopf in beide Hände und küsste sie sanft auf ihren jetzt ganz rosigen Mund. Seine Schritte führten ihn wie von selbst zum CD-Spieler. Er löste die Pausentaste und die Musik strömte ins Zimmer wie das Wasser eines überlaufenden Stausees. Sie stürzte geradezu in die Stille und alles war wieder so wie vorher und zugleich ganz anders. Er liebte sie jetzt. Er würde zum ersten Mal mit einer Frau Tango tanzen, die er nicht nur in seinen Armen, sondern auch in seinem Herzen trug. Er würde nicht nur äußerlich, sondern auch innerlich eins mit ihr sein in der Bewegung und in der Musik.

Sie hätte ihn gerne gefragt, mit ihm über das alles geredet, aber sie traute sich nicht, wollte sein Glücklichsein nicht stören. Was hätte sie mehr sagen sollen, als dass sie ihn liebe. So oder so war jetzt alles, was zwischen ihnen beiden noch geschehen würde, in dieses innige Grundgefühl gehüllt. Ihr Herz war leicht wie eine Feder, ihr Körper war wieder bereit zum Flug. Sie merkte, dass er sich hinter sie gestellt hatte, spürte seine Hände über ihren Rücken streichen.

Eine dieser wundervollen Melodien drang in ihre Ohren und formte aus ihren Tönen die Vorfreude auf die gemeinsame Bewegung. Sie wollte ihn jetzt nicht mehr in sich hinein lassen. Sie wollte sich mit ihm zurück auf das Parkett begeben, wollte einfach nur mit dem Mann, den sie liebte, wieder in den Schrittkosmos diese Tanzes einsteigen. Wie in einen Zug, der sie in ein fernes und doch bekanntes Land bringen würde. In Kleid und Schuhen. Sie bat ihn, sich auch wieder anzuziehen.

Er war einverstanden. Ihre Entscheidung kam ihm entgegen, denn er hatte zwar wieder Lust auf sie, war sich aber nicht sicher, wie lange das anhalten würde. Wenn es jetzt noch mal zur Erprobung seiner physischen Liebeskraft kommen sollte, dann wollte es sie auch bestehen. Die Furcht, dass ihm das nicht gelingen könnte, war gänzlich verflogen. Das entspannte ihn endgültig.

Er hatte eine spezielle CD mit eher schnellen und fröhlichen Stücken zusammengestellt, in Fachkreisen Milongas genannt, gemischt mit wunderschönen Tangowaltzes. Das passte jetzt ideal und er wusste, dass sie ihr alle gut gefallen würden. Während sie sich Kleid und Schuhe überstreifte, stoppte er die laufende Musik und steckte den neuen flachen Silberling ins Abspielgerät. Als auch er wieder angezogen war, drückte er auf Start und drehte den Lautstärkeregler höher. Er wohnte im obersten Geschoss und der alleinstehende Mann unter ihm war in den Urlaub gefahren. Seine sündhaft teure Anlage konnte ungehindert zeigen, wozu sie in der Lage war.

Schon der erste Ton war so glockenklar, präzise und direkt in den Teil ihres Gehirnes gelangt, den die Evolution speziell dafür vorgesehen hatte, dass sie die viel höhere, fast brutale Lautstärke genoss. In den Sälen, in denen sie normalerweise tanzten, war die Musik manchmal gar nicht und häufig nur schlecht zu hören. Das Grundrauschen der Gespräche zwischen den Zuschauern und Nichttanzenden verwischte aber auch an den Orten mit besseren Lautsprechern die oft so hochkomplexen, wunderschön arrangierten und reichhaltig instrumentierten Melodien. Seine akustischen Geräte sorgten dagegen für einen Ohrenschmaus, der durch kein anderes Geräusch an seiner Wirkung gehindert wurde.

Ihr inneres, ihren ganzen Körper umspannendes Glücksgefühl hatte alle ihre Sinne weiter denn je geöffnet. Es schien ihr, als würde die Musik dadurch noch direkter in ihre Muskeln und Sehnen dringen. Vielleicht gab es aber auch eine, bisher bei Menschen weiblichen Geschlechtes von der Wissenschaft noch nicht erkannte, positive Korrelation zwischen der Anzahl der Orgasmen und der Hörfähigkeit.

Seine Selbstsicherheit hatte sich aus dem Reich der Zweifel gelöst. Sie sollte ihn wieder so souverän und so stark erleben, wie sie ihn von unzähligen Tänzen her kannte. Er legte seine Arme in der lässigen und bestimmten Art um sie, von der er wusste, dass sie sie mochte. Sie tat es ihm gleich und gab ihm wie Hunderte Male zuvor die Hand ihres noch freien Arms, um das Führungsdreieck zu schließen. Über Schultern, Arme und Hände waren sie wieder zu einem Tanzpaar zusammengeschweißt, während der Rest ihrer Körper frei für jede beliebige Schrittfolge und die damit verbundenen Bewegungen war.

Es konnte nur ein Gott sein, ja vielleicht sogar viele Götter und Göttinnen in einem gemeinsamen kreativen Akt, die zwei so hochmobile Körper so zu schaffen in der Lage waren, dass sie in solch totaler Harmonie verschmelzen konnten. Spontan blickte sie nach oben, flüsterte ein leises Danke durch die Decke und das Hausdach in den Nachthimmel. Ihre rechte Schläfe legte sie an seine linke und nahm auch mit ihren oberen Wangenknochen Kontakt auf.

Sie hätte ihn so gerne noch vorher ganz sanft auf den Mund geküsst, aber sie beherrschte sich, weil sie wusste, dass ihn das nur stören würde. Er sollte sich ganz und gar auf sie als Tänzerin konzentrieren. Sie straffte sich der Länge nach, lehnte ihre Brüste sanft wie lange nicht mehr an seinen Oberkörper und wartete erneut sehnsüchtig auf seinen ersten Schritt. Ihre Vulva schien sich wohlig in ihrer Höhle zurückgezogen zu haben und sein Penis machte keine Anstalten, sie darin stören zu wollen.

Bei den schnellen Tangos mit dem polka- und manchmal swingähn-

lichem Rhythmus ist der erste Step nicht so groß und ausholend. Je schneller der Rhythmus treibt, je kleiner müssen die Fußbewegungen werden. So ist es möglich, eine Geschwindigkeit in diesen Tanz zu bringen, den man mit seiner Melancholie normalerweise nicht in Verbindung bringt. Sie liebte diesen Turbotango, denn er erlaubte irre schnelle Schrittkombinationen, in die er sie nichtsdestotrotz exakt wie ein Schweizer Uhrwerk zum Takt der Musik hinein führte. Manchmal, wenn die Tanzfläche sehr voll war, machten sie das sogar, ohne sich von der Stelle zu bewegen. Als tanzten sie die Zacken einer Briefmarke entlang.

Sie duftete intensiver nach dem vielen Sex. Ihr ganzer Körper hatte eine andere olfaktorische Aura. Selbst ihre Haare. Ihr Schweiß war getrocknet und hatte sich in feinsten Salzpartikeln mit ihrer glänzend glatten Haut verbunden. Seine Muskeln spannten sich und der akustische Teil seiner Hirnwindungen übernahm die Steuerung seines Bewusstseins. Schon nach dem ersten Stück war sie total. Er vergaß , dass sie kein Höschen unter der roten Seide trug. Er vergaß sogar, dass er sie liebte. Sie war nur noch Tanguera. Sie hatte jetzt keine Sonderrolle mehr, war endlich wieder pure Oberfläche, von straffer Haut umspanntes Fleisch, das bewegt werden wollte. Perfekt und schnell. Es sollte seinen Willen bekommen. Bis zum obersten Anschlag. Es sollte jede Millisekunde spüren, wer jetzt das Sagen hatte. Die Musik, die er aufgelegt hatte war genau dafür gemacht.

Sie spürte es am Griff seiner Hände. Er befand sich in Hochstimmung. Sein Kopf war leicht nach vorne gebeugt wie bei einem Stier, der den Matador ins Visier nimmt. Ab diesem Zeitpunkt musste sie mit aller Kraft, über die sie verfügte, gegenhalten, um nicht von seiner Dynamik umgerissen zu werden. Gleich würde die Achterbahn beginnen, die sie so liebte, war er nicht mehr zu halten, erst recht, wo er Platz genug hatte, seiner anscheinend unendlichen Energie freien Lauf zu lassen.

Mit schnellen, gestochen scharfen Schritten, heftigsten Drehungen und knallharten Stops für Minifiguren, die sie nun in einem Höllentempo auszuführen hatte, jagten sie über das Parkett. Wie eine Doppelrakete, die statt durch Ingenieure von einen Künstler ins All gelenkt wurde. Das schaffte sie nur mit ihm. Bei ihm wusste sie selbst am Limit immer noch genau, wo es lang ging. Das machte die ganze Sache noch viel sinnlicher, viel impulsiver und viel direkter, als sie es sowie so schon mit ihm war. Ähnlich musste es den Radrennradfahrern gehen, wenn sie mit ihren schlanken , superleichten und doch so stabilen Tretfahrzeugen über Serpentinen vom Berg ins Tal stürzten: hochkonzentriert in jeder Kurve, noch einmal beschleunigend in der Geraden und alles aus eigener Kraft.

Ers pürte, wie das Salz auf ihrer Haut wieder flüssig wurde. Ihr Schweiß strömte in unzähligen kleinen und großen Rinnsalen ihren Körper hinunter. Genau da, wo Po und Brüste nur noch notdürftig bedeckt waren, machte er große dunkle Flecke in die sie umspielende Seide. Auch ihre hauchdünnen Träger waren völlig durchtränkt davon und klebten auf ihren Schultern wie zwei schwarze

Lakritzstreifen. Nur ihre Schuhe blieben so rot wie immer.

Sie spürte zum ersten Mal, dass ihre Schuhe für so viele schnelle Tänze einfach eine Nummer zu hoch waren. Aber selbst das behinderte nur kurz ihre totale Tanzlust. Der positive Hormonausstoß war einfach zu stark. Wie bei dem guten Sex, von dem sie so reichlich gehabt hatte. Aber sie wusste im Moment nicht, welche der beiden Achterbahnen mit ihm schöner war. Auf jeden Fall hatten sie gleich viele Kurven und Loopings. Es war einfach göttlich! Sie flog erneut, höher denn je, über alle Kontinente hinweg, die sie kannte.

Diese sahen irgendwie niedlich aus, wenn man sich in der Stratosphäre befand. Weder das Elend noch das Glück, was sich dort abspielte, war von hier oben zu sehen. Sie waren eigentlich nur dazu da, ihr zu zeigen, wie weit sie schon davon entfernt war. Ihre Flügel trugen sie. Und seine Schultern. Riesige Schultern. Sie reichten bis an den Horizont. Seine Füße, von denen sie nur die Schuhspitzen sehen konnte, standen immer noch auf der Erdkugel. Die Schnürsenkel waren so lang wie der Amazonas.

42000 Kilometer Erdumfang waren ein Klacks für sie. Sie brauchte vielleicht fünf Tänze dafür. Nach der dritten Umrundung spürte sie, dass die letzten Stunden nicht völlig spurlos an ihr vorüber gegangen waren. Ihre Kräfte ließen unaufhaltsam nach. Zum Glück schien das auch bei ihm der Fall zu sein. Er halbierte die Schrittfrequenz, was bei diesen schellen Tänzen möglich war, ohne ganz aus der Melodie und dem Rhythmus zu fallen.

Er wusste immer, wann ihre Kraft nachließ. Er konnte es an den kleinen Fehltritten und Verzögerungen merken. Es wurde höchste Zeit, mindestens einen Gang runterzuschalten und sie reagierte wie gewöhnlich perfekt darauf. Auch ihm war der Schweiß in Strömen vom Gesicht über Schultern und Brust gelaufen und sein Hemd war völlig durchnässt. Von seinem Kinn tropfte er fast übermütig in ihr nun riesiges Dekollete. An den Armen und im Gesicht hatten sich ihr Körperflüssigkeiten gänzlich miteinander vermischt.

Sie klebten im wahrsten Sinne des Wortes aneinander und es war ein wunderbares Gefühl. Als würde man in einer Sauna aufeinander liegen, nur mit weniger Hitze. Sie bewegten sich, immer noch im Takt der Musik, auf der Stelle. Die Erinnerung, dass unter ihrem Kleid kein Höschen mehr den warmen feuchten Wonnehügel umhüllte, trug einen neuen heftigen Blutstrom in sein Geschlecht.

Seine Hände glitten wieder ihren Rücken hinunter bis zu der Stelle, wo ihre Oberschenkel mit einem ausladenden Schwung in ihre Pobacken übergingen. Er hob sie mit einem Ruck vom Boden. Sie schlang ganz unwillkürlich beide Arme um seinen Hals, als er sie bis zum äußersten Rand des Sofas trug und vorsichtig absetzte. Dort löste er ihre Umarmung und drückte ihren Oberkörper sanft, aber bestimmt nach hinten in die Polster.

Sie ließ es mit sich geschehen, war noch vom Tanz zu sehr in der Folgerolle, als dass sie sich hätte dagegen wehren können. Sie wollte es auch nicht. Während sie mit ihren Füßen Halt auf dem Boden suchte schob er ihr vorsichtig das Kleid bis über die Hüften hoch und drückte sanft ihre Beine auseinander. Sie erschauderte, als sich seine Zunge ihren rechten inneren Schenkel hoch tastete. Millionen kleiner Lustpartikel verstreuten sich über ihren ganzen Körper. Sie genoss ihre Passivität, die bei genauerem Hinsehen keine war, denn sie öffnete ihre Schenkel jetzt so weit, dass er mit seinem Mundspielzeug überall hinkommen konnte. Ihre Hüften begannen erneut in kleinen, fast unmerklichen Schwingungen zu kreisen. Ihr Schoß rückte nach vorne, ihrer kleinen, hochbeweglichen und angenehm feuchten Freudenspenderin entgegen.

Auf seine Zunge war Verlass, mittlerweile mehr als auf den Gernegroß zwischen seinen Beinen. Er war froh, dass ihm seine einzige lesbische Freundin vor vielen Jahren beigebracht hatte, wie man gegenüber dem weiblichen Geschlecht damit am besten umgeht. Sie war eine enge Vertraute seiner Frau gewesen. Dass sie am anderen Ufer stand, hatte er aber erst nach der Scheidung erfahren.

Trost und vor allem Erklärungen hatte er bei ihr gesucht und stattdessen eine ausgiebige Lehrstunde in Sachen lesbischer Liebe bekommen. Jedoch erst, als sie beide schon ziemlich betrunken waren, was der Intensität seines Lernprozesses keinen Abbruch getan hatte. Im Gegenteil, denn sie war wohl auch deswegen bereit gewesen, sowohl Lehrerin als auch Lehrgegenstand zu sein.

Bei seinen anfänglichen Fehlschlägen kicherte sie wie irre, um ihm danach ganz ernst und ganz genau zu zeigen, wie und wo man es richtig macht. Klappte es, wie sie es sich vorstellte, streichelte sie ihm zum Dank in einer Art über den Kopf, dass er sich wie ein folgsamer kleiner Junge vorkam, der aus der Schule gute Noten nach Hause mitgebracht hatte. Wenn er in der folgenden Zeit den Begriff Lehrkörper gelesen oder gehört hatte, musste er immer vor sich hinschmunzeln.

Einmal hatte er auf der Party eines befreundeten Pädagogenpaares auf Grund seines fortgeschrittenen Alkoholkonsums dabei so laut lősprusten müssen, dass die mehrheitlich anwesenden Kolleginnen und Kollegen der festen Überzeugung waren, dass er sich über sie und ihren immer schwerer werdenden Berufsstand ungebührlich, geradezu schadenfroh, lustig machte. Er wurde nie wieder eingeladen.

Selbst jetzt, in voller Aktion und auf viel höherem Lernniveau, grinste er vor sich hin und war froh, dass sein Engel die Augen wieder fest geschlossen hielt. Zu seiner Überraschung nahm sie seinen Kopf in ähnlicher Weise in ihre Hände, wie es seine lesbische Lehrerin vor vielen Jahren getan hatte. Sollte das auch ein Ausdruck des Lobes sein? Verdient hätte er sich das schon, hatte er doch nach der Einführung in die Welt des klitoralen Orgasmus noch einiges dazu gelernt. Zum Beispiel, wie man ihn durch den

Einsatz des Mittel- und des Zeigefingers seiner rechten Hand genital erweitern, ja verdoppeln konnte.

Seine Zunge war endlich da, wo sie bei ihr am meisten wirkte. Sie heulte auf wie eine Sirene, denn er machte dort mit diesem kunstfertigen Lustwerkzeug genau die richtigen Sachen genau im richtigen Tempo. Unwillkürlich nahm sie seinen Kopf in ihre Hände und streichelte ihn voller Dankbarkeit . Es würde jetzt nicht mehr lange dauern, bis sie, sie wusste nicht mehr genau das wie vielte Mal, in dieser Nacht kommen würde. Sie kannte sich durch ihr regelmäßiges Masturbieren gut genug und wusste ziemlich genau, wie dieser penislose Höhepunkt sein würde.

Sie wurde auch nicht zum ersten Mal von einem Mann geleckt, wenn man davon absah, dass sie nur wenige Minuten vorher aufs innigste mit ihm getanzt hatte. Dass ihr aber jemand unter seiner immer schneller werdenden Zunge zwei Finger so tief wie möglich in ihre Scheide einführt und diese, wenn auch langsamer als sein Mundwerkzeug, rhythmisch vorundzurückzuschieben beginnt, war ihr noch nicht passiert.

Es war, als würde sie gleichzeitig von ihm gefickt und geleckt. Sie spürte eine neue große Lustwelle in ihrer Liebesgrotte hochsteigen, in der sie vor lauter Erregung zu ertrinken drohte. Ihr Mund öffnete sich ganz weit , aber dieses Mal kam kein Laut aus ihm heraus. Zumindest hörte sie nichts. Alles in ihrem Kopf schien verstopft, auch die Ohren. Wie in einem Düsenjet in dem Moment, wo er beim Abflug vom Boden abhebt und seine gewaltige Tonnage steil nach oben schiebt.

Der Schrei kam von irgendwo hinter ihr, auf jeden Fall von außen. Er musste durchs Dach des Hauses gekommen sein oder durch die Fenster direkt aus dem fernen All. Wahrscheinlich war er Millionen von Jahren unterwegs gewesen, um in dieser Sekunde in dieses Zimmer zu donnern, überirdisch hell, vom Klang her völlig unbekannt und fremd, und er hörte nicht auf. Er hörte einfach nicht auf. Sie hielt sich den Mund mit beiden Händen zu, aber es half nichts. Sie griff verzweifelt nach den Polstern, um irgendetwas zu finden, mit dem sie ihn wirkungsvoller verstopfen könnte. Es war nichts da. Sie spürte seine Hände an ihrem Kopf und seine Lippen nahe an den ihrigen. Er sprach mit ihr, er streichelte sie, er küsste sie auf die Wangen, während sie immer noch keine Kontrolle über ihre Stimmbänder hatte.

Erst als er sie heftig auf den Mund küsste, immer wieder , mit kurzen Pausen, damit sie noch genügend Luft bekam, wurde ihre Stimme leiser. Als sie nur noch wimmerte und stöhnte, begann sie zu hören, was er dabei immer wieder zu ihr sagte. Der Satz kam aus einer Art akustischem Nebel, der sich mit ihrer inneren Entspannung zunehmend lichtete. Er klang durch seine unentwegte Wiederholung wie ein indisches Mantra: „Komm zurück, mein Engel, komm zurück." Immer wieder, mal flehend, mal lockend, mal beschwichtigend, sagte er das, bis sie ganz ruhig zu atmen begann, bis nur noch ihr Unterkörper und ihre Beine zitterten.

Als dieser zweite wahnsinnige Schrei dieser Nacht in den Äther jagte, war er froh, dass er seine Ohren zwischen ihren eng zusammengepressten Schenkel hatte. Dann allerdings riss sie mit den vorher so sanft streichelnden Händen dermaßen heftig an seinen Haaren, dass er sich schnellstens aus diesem Kopfgefängnis zu befreien gezwungen sah. So musste es den Menschen am mittelalterlichen Pranger ergangen sein, wenn sie versuchten, ihren Hals aus dem fest verschlossenen Holzrahmen zu ziehen. Es handelte sich hier jedoch nicht um ein Folterwerkzeug aus längst vergangenen Zeiten, sondern um die wohlgeformten, gewöhnlich samtweichen Oberschenkel einer Frau, die einen doppelten Orgasmus hatte. Nichtsdestotrotz musste er diese zu zwei straffen Muskelpaketen mutierten Gliedmaßen mit brutaler Gewalt auseinander ziehen, um seinen Kopf zu retten. Was er danach im Flackerschein der Kerzen gewahr wurde, verwirrte ihn bis an die Grenze seines Auffassungsvermögens.

Es war, als wenn sich jemand in Schmerzen krümmt vor lauter Freude, eine Art lustvolle Fassung des berühmten Bildes von Edward Munch. Ein weit aufgerissener Mund brüllte oder flehte den Himmel an, während zwei Augen wie glühende Kohlen ins Nichts starrten. Entsetzen und Glück waren gleichermaßen in dieses Gesicht gemeißelt. Das Schlimmste für ihn war aber, dass dieser Schrei kein Ende fand. Jedes Mal, wenn sie kurz und heftig nach Luft geschnappt hatte, tönte er nicht nur weiter, sondern wurde lauter als zuvor. Wie ein Schiffshorn in Seenot, aber viel schriller und eindringlicher.

Unruhe kroch in ihm hoch, gemischt mit tiefem Mitgefühl und mit heimlichem Neid. Wo war sie jetzt? Auf jeden Fall da, wo er noch nie war. Wo wahrscheinlich noch kein Mann war und vielleicht auch nur wenige Frauen. Er konnte sich nicht erinnern, so etwas je miterlebt zu haben. Es konnte keineswegs nur an ihm gelegen haben. Andere Frauen hatten nicht so heftig auf seine doppelte Befriedungsmethode reagiert oder sich gar nicht erst darauf eingelassen.

Er begann sich langsam daran zu gewöhnen, dass in dieser Nacht nichts mehr normal war. Diese Frau vor ihm sprengte jedes Maß. Auch ohne seine Mithilfe. Aus niemandem kam mehr heraus, als in ihm war. Auch aus ihr nicht. Da war er ganz Materialist. Irgendjemand hatte diese, jede Grenze sprengende Leidenschaft und Lust in sie eingepflanzt, hatte ihr sie durch einen genetischen Zufall mitgegeben. Oder sie war wirklich ein Engel. Dann war sie allerdings der erste, der ihm begegnet ist, den überhaupt je ein Mensch von Angesicht zu Angesicht erlebt hatte, was natürlich völliger Quatsch war.

Er begann an seinem Verstand zu zweifeln. Wenn sie ein überirdisches Wesen war, dann wusste sie aber zumindest, dass sie sich noch auf der Erde und sogar dass sie sich im Zimmer eines

Mietshauses befand. Welchen Grund hätte sie sonst gehabt, sich immer wieder den Mund zuzuhalten. Das beruhigte ihn etwas, aber nicht lange, denn es half ihr offensichtlich nichts.

Als sie um sich griff, wollte er spontan in sein Schlafzimmer laufen, um ihr ein Kissen zu holen, denn danach suchte sie offensichtlich verzweifelt. Nur, dass er von diesem Schauspiel einfach zu fasziniert war, um weggehen zu können. Er war durch sie gefesselt und sie durch etwas, was sie zugleich entfesselte, was in ihr tobte wie ein Orkan, was immer mehr Macht über sie zu bekommen drohte. Er bekam Angst um sie. Er drohte ein zweites Mal in dieser Nacht seine Fassung zu verlieren.

Stattdessen warf er sich auf sie, hielt sie an beiden Händen fest und begann ihr zuzureden. Ganz spontan ohne nachzudenken, während sie immer noch schrie wie am Spieß. „Komm zurück, mein Engel“, sagte er. „Komm bitte zurück“. Genau das sagte er und war über sich selbst überrascht. Da es nicht wirkte, wiederholte er sich. Immer flehender, immer lauter, immer eindringlicher. Er neigte sich zu ihr herunter, er begann ihr Gesicht zu küssen. Dazwischen immer wieder diesen einen Satz sagend: „Komm zurück, mein Engel! Komm bitte zurück!“

Es kam jetzt ganz tief aus seinem Herzen. Ja, sie war ein wirklicher Engel. Wirklicher, als er sich das je in seinem Leben vorzustellen gewagt hätte. Er durfte nicht für immer davonfliegen. Er selbst musste das Kissen sein, was ihre so heftig rudernden Arme gesucht hatten, sein Mund musste es sein, seine Lippen. Er presste sie mit aller Macht auf die ihrigen. Vielleicht war sie ja schon von dannen geeilt, war dorthin zurück gelangt, von wo aus sie zur Erde, zu ihm geschickt worden war, von wem auch immer. Er musste sie wiederholen. Er wollte nicht mehr ohne sie leben.

Dieses weit aufgerissene Etwas vor ihm bildete immer noch diesen unglaublichen Schlund, in dem ganze Schlachtschiffe hätten verschwinden können, aber ihre Stimme reagierte. Sie hielt inne, sie verlangsamte zwischen seinen Küssen, die eher wie kurze Bisse waren, ihre Brüllsequenz und verkleinerte Stück für Stück die Größe ihres Essorgans auf das von der Natur vorgesehene Maß. Dann wurde sie endlich auch leiser.

Er hatte sie zurückgeholt. Sein Engel war wieder auf dem Weg zur Erde. Vielleicht war ihm auch nur die Kraft ausgegangen, weiter dem Himmel zuzustreben. Es war ihm egal, denn er war wieder bei ihm, bei den Sterblichen, den Normalen, den Irdischen. Er wünschte sich auf einmal, dass sie älter wäre. Genauso wild und im wahrsten Sinne furios, aber eben näher an seinem Jahrgang.

Nur so würde sie auch in der Realität noch lange bei ihm bleiben. Nur so könnte er sich sicher sein, dass sie sich nicht in ein paar Jahren einen Jüngeren sucht, weil er dann ein richtiger Greis sein würde. Das würde nur eine Frau nicht tun, die selber erste Ansätze weißen Haares hatte. Die wusste, dass auch ihr letztes Lebensdrittel eingeläutet war. Sie wäre wohl unausweichlich nahe an die 50zig oder sogar darüber. Sie hätte vielmehr Falten und wahrscheinlich wäre sie nicht so gertenschlank. Sie hätte vielleicht schon an manchen Stellen Ansätze von Orangenhaut. Wie seine Frau sie hatte.

Aber diese Leidenschaft würde all das wettmachen. Da war er sich ganz sicher. Diese Fähigkeit zur unbegrenzten Lust würde das Alter relativieren, würde die Haut straffen und Falten weniger tief erscheinen lassen, sei es auch nur für den Moment der Ekstase. Vielleicht würde er sie dabei auch einfach nur nicht wahrnehmen, was letztlich zum gleichen Ergebnis führen würde: Zur totalen, alterslosen Schönheit, zur ewigen Grazie, die aus der unendlichen Energie des absoluten Begehrens gespeist würde. Die erst dann erlischt, wenn das Verlangen stirbt, und dann wäre es sowieso egal. Zumindest, wenn das bei beiden gleichzeitig geschehen würde.

Sie öffnete die Augen, sah wieder diesen so liebevollen Blick auf sich ruhen. Er war bei ihr. Er, der Verursacher dieser erneuten übergewaltigen Explosion ihres Körpers, hielt sie ganz warm und sicher, hatte ihren neuerlichen Raketenflug zur weichen Landung gebracht, sie im wahrsten Sinne des Wortes auf die Erde zurückgeküsst. Aber er schien durch sie hindurch in ein anderes Gesicht zu schauen. Eines, was es schon mal in seinem Leben gegeben hatte, oder eines, von dem er hoffte, dass es irgendwann erscheinen möge. Sie war sich aber nicht sicher, denn es war so viel Zuneigung in diesem Blick, dass dieser schwerlich einem Menschen gelten konnte, den es gar nicht gab. Auf jeden Fall gab es hier und jetzt nur sie und seine Augen konnten sie einfach nicht übersehen.

Sie sagte „Danke". Sie musste es einfach tun. Laut und deutlich. Sie konnte sich nicht erinnern, einem Mann je Danke für etwas gesagt zu haben, was er seinem Geschlecht sowieso schuldete. Aber das hier war etwas anderes gewesen, hatte etwas Himmlisches, ja Paradiesisches beinhaltet, hatte ihr eine neue Welt jenseits der realen eröffnet, ohne unwirklich zu sein. Eine, in der sie nie zuvor gewesen war. Noch einmal sagte sie „Danke" und noch einmal und immer wieder.

Sie spürte wieder die heißen, flüssigen Perlen auf ihren Wangen. Sie liebte ihn jetzt über alle Maßen. Sie wollte seine Arme immer um sich spüren, wollte dieses Zimmer nie mehr verlassen, wollte für ihn sorgen, wenn er gebrechlich wurde, ihn notfalls im Rollstuhl schieben, ja ihn bis in den Tod begleiten. Es sollte bis dahin keinen anderen Mann mehr in ihrem Leben geben. Sie brauchte keinen anderen mehr, sie wollte keinen anderen mehr.

Er dachte zuerst, er hätte sich verhört. Aber sie hatte wirklich Danke gesagt, und sie wiederholte es ganz inbrünstig. Er wusste im ersten Moment nichts damit anzufangen. Alles, was er heute mit ihr gemacht hatte, war kein Opfer oder eine besondere Leistung gewesen, bis auf die Art, wie sie darauf reagiert hatte. Er hätte i h r eigentlich dankbar sein müssen. Erst recht, wo sie ihn vor einer Niederlage und vor allem vor einem seiner damit verbundenen Angstausbrüche gerettet hatte. Aber sie sagte statt dessen „Danke“ und weinte auch noch.

Er war erneut verwirrt und tief berührt. Ganz spontan küsste er ihre Tränen. Er hatte das noch nie getan. Nicht einmal bei seiner Frau. Sie schmeckten salzig wie ihre Oberschenkel und er saugte sie in sich auf, bis es keinen Nachschub mehr gab. Sie hielt ihn dabei immer fester. Erst mit den Händen, dann mit den Armen, dann mit ihrem ganzen Körper, mit aller der ihr zur Verfügung stehenden Kraft. Sie hatte für eine Frau erstaunlich viel davon.

So hatte ihr noch kein Mann zuvor ihre Tränen weggeküsst, aufgeküsst, aufgetrunken. Die so lange vermissten Bilder aus ihrer Kindheit tauchten auf einmal vor ihren umflorten Pupillen auf wie eine Erscheinung. Alle schienen ganz echt und ganz gegenwärtig. Sie stammten aus der Zeit, in der sie ihr Vater genauso geliebt hatte, wie es ihre Mutter heute noch tat. Wo er ganz bei ihr, bei seiner Tochter war und, wenn es ihr nicht gut ging, ihre Tränen trocknete. Er hatte sie danach immer auf ihre noch nassen Wangen geküsst. Zweimal auf jede Seite und jetzt fielen ihr auch die Worte ein, die er dabei immer gesagt hatte: Vier Küsse auf zwei Wangen für Papas einzigen Engel.

Ihr war der Satz damals in seinem besonderen Zahlenspiel nicht klar gewesen. Aber er klang lustig und er sagte ihn so liebevoll, dass sie danach immer ganz genau wusste, dass alles wieder gut war. Es war irgendwann ein Ritual zwischen ihnen beiden geworden, obwohl sie damals natürlich nicht hätte erklären können, was so etwas bedeutete. Sie wusste aber, dass sie ihm ihre beiden Wangen hinhalten musste, wenn sie in den Genuss der vier Küsse und dieses lustiglieben Satzes kommen wollte. Bis er ihn nicht mehr sagte, egal, wie sehr sie geweint hatte, weil er gar nicht mehr da war.

Sie krallte sich jetzt an ihren Tanguero fest wie eine Ertrinkende, konnte die Bilder ihrer Kindheit nicht mehr von der aktuellen Realität unterscheiden, wollte es nicht mehr. Sie umschlang diesen Mann vor ihr mit ihrem ganzen Körper und drückte ihn mit all ihrer Kraft an sich. Sie wollte wieder ein kleiner Engel sein, wollte diesen Satz ihres Vaters noch einmal hören, noch ein Mal die zwei Küsse auf jede Wange bekommen. So fest, wie sie konnte, presste sie ihr Augenlieder zusammen und hielt ihm ihre linke Wange hin. Ein Stoßgebet flog gen Himmel und das Wunder geschah.

Sie spürte zwei Lippen auf ihren Backenknochen und mit einem Schlag war sie wieder in dieser anderen Welt. Vielleicht war es das Paradies. Es musste das Paradies sein, denn als sie blitzartig ihren Kopf wendete, bekam sie wieder zwei Küsse auf die andere Wange. Nur der ebenso ersehnte Satz folgte nicht. Zumindest nicht genau der gleiche. Aber das war ihr egal. Sie hatte es wieder, dieses Bild von ihrem Papa, hatte wieder sein

Gesicht vor sich. Ganz klar, geradezu dreidimensional und es lächelte sie an. Ganz egal, wo ihr wirklicher Vater jetzt war, sie hatte ihn nach diesen unendlich langen Jahren des qualvollen Vergessens wiedergefunden.

Sie ließ ihn nicht mehr los und starrte ihn unverhohlen an. Anscheinend aber nicht nur ihn. Sie schaute vielmehr durch ihn hindurch, obwohl sie seine Augen genauestens fixierte. Als sehe sie darin ein zweites Paar Augen direkt hinter den seinigen und er war sich nicht sicher, ob das nicht die ersten Anzeichen der wiederkehrenden Furie in ihr waren. Aber dann schloss sie ihre Augen, ja sie kniff sie zusammen wie seine Tochter, als sie noch in dem Alter war, in dem sie meinte, auf diese Weise selbst verschwinden zu können.

Als sie ihm so ihre linke Wange hinhielt, konnte er gar nicht anders, als sie spontan darauf zu küssen. Da sie einen zweiten Schmatzer zu erwarten schien, bekam sie natürlich auch den. Als sie ihm dann windesschnell die andere Wange hinhielt, bekam sie gleich zwei Küsse nacheinander und mehr schien sie auch nicht zu wollen. Ihre weiter fest geschlossenen Augen verrieten ihm aber, dass sie noch etwas anderes erwartete, etwas, was offensichtlich nichts mit Küssen zu tun hatte. Er konnte sich jedoch beim besten Willen nicht vorstellen, was das sein konnte.

Er war sich nur über eins sicher: Er würde nie mehr wieder

einer solchen Frau begegnen. Eine Frau, die ein echter Engel war. Die ihre Menschengestalt nur wegen ihm angenommen zu haben schien. Er war sich jetzt, wo kein Erregungszustand, welcher Art auch immer, seine Gedanken und sein Bewusstsein trübten, endgültig und unwiderrufbar sicher: Sie war der einzige wirkliche Engel seines Lebens. Es würde keinen zweiten mehr darin geben. Was auch immer mit ihnen beiden weiter geschehen würde, er musste ihr das jetzt sagen, egal, wie lächerlich er sich im Nachhinein dabei vielleicht vorkommen, wie irrational ihm das später vielleicht erscheinen würde.

„Du bist mein einziger Engel", drang es etwas gebrochen und gepresst aus ihm heraus, aber sie hatte es deutlich vernommen. Er sagte es noch einmal: „Du bist mein einziger Engel". Jetzt klang es klarer und freier. „Du bist mein einziger Engel". Beim dritten Mal kam es geradezu beschwingt aus ihm hervor. Sie musste ihn jetzt ansehen, und als sie die Augen öffnete, überwältigte sie wieder dieser unendlich liebevolle Blick. Nur dass sie ihn nicht mehr in der gleichen Weise erwidern konnte. Irgendetwas war mit ihr passiert. Etwas Einschneidendes. Von einer Sekunde auf die andere.

Es war, als wäre ganz plötzlich hinter dem Vorhang, der sich in dieser Nacht für sie geöffnet hatte, noch ein zweiter beiseite geschoben worden. Fast unmerklich, aber dafür umso gnadenloser. Er zeigte keinen weiteren Meerblick, sondern die Realität jenseits dieser so unbeschreiblichen Nacht. Er ließ sie nicht auf das schauen, was gerade hinter, sondern was unausweichlich vor ihr lag, wenn sie in diesen Räumen und bei diesem

Mann bleiben würde. Sie konnte die Vergangenheit wieder von der Gegenwart unterscheiden.

Das tiefe Blau der unendlichen Lustfluten war mit einem Schlag dem karstigen Grau seines schütteren Haares und der seltsamen Farblosigkeit der Altersflecken gewichen, die sich auf dem Rücken der Hand zu sammeln begannen, die gerade ihre Wange streichelte. Sie zuckte vor ihr zurück. Sie erschrak auf einmal vor dem Mann, den sie nur wenige Sekunden vorher noch zu lieben glaubte, und vor sich selbst.

Es war wie in einem dieser Gruselfilme, in dem ein Mensch in Sekunden zu einem uralten faltigen Greis zusammenschrumpelt. Der Methusalem, der vor ihr stand, hatte immer noch die gleichen Gesichtszüge wie ihr Vater, lächelte immer noch das gleiche Lächeln wie er. Genau das gleiche Lächeln. Es umspielte immer noch seinen Mund, aber es traf sie jetzt wie ein Hammerschlag, wie die gleißende Sonne, die den Schlafenden aus einem wunderschönen Traum reißt. Dieser Mann war nicht ihr Vater. Noch weniger war er der Mann, den sie liebte. Oder wollte sie wirklich mit einem Greis zusammenleben?

Gott im Himmel, er war noch kein Greis, das hatte diese Nacht doch schlagend bewiesen. Sie durfte sich jetzt nicht von diesem Schreckensbild irritieren lassen. Es lag alles nur daran, dass sie aus ihrem Traum aufgewacht war. Aber warum schien sein Haar auf einmal so weiß, dass sie ihre Augen zusammenkneifen musste, um nicht geblendet zu werden? Warum hatte sie sich gerade vor ihm geekelt? Sie tat es immer noch. Sie spürte es.

Weil er über kurz oder lang ein Greis sein würde? Viel früher auf jeden Fall als sie eine Greisin? Weil er dann sehr faltig und runzelig sein wird, sie aber dank vieler sportlicher Aktivitäten noch über einen ansehnlich straffen Körper verfügen würde? Ab da wäre sie mit ihm zusammen lebendig begraben. Diese Vorstellung schnürte ihr die Kehle zu.

Aber warum fühlte sie sich dann immer noch zu ihm hingezogen? Warum war ihr Körper immer noch bereit, sich diesem Mann hinzugeben? Weil die Zeit bis dahin sehr schön sein könnte? Und sehr lustvoll? Ihre Geilheit meldete sich wieder zu Wort. Sie könnte sich mit ihm nur zum Ficken treffen. Nachts, in diesen abgedunkelten Räumen. Sie würde sich von ihm jedes Mal ein schwarzes Tuch um die Augen binden lassen und....da war er wieder, der Blutstrom zwischen ihren Beinen.

Ist sie pervers geworden? O Gott, was ist mit mir los? Ich bin nicht pervers!

Ich will nur, dass er mich wieder anfasst, mich wieder in seine Arme nimmt. In diese fürsorglichen, zärtlichen Arme. Ich will nur, dass er mich wieder mit diesem liebevollen Blick anschaut. Aber sein Lächeln scheint irgendwie in seinem Gesicht festgefroren zu sein. Sein Körper ist steif und kalt. Wie der einer Mumie. Warum schaut er mich nicht an? Warum sind seine Augen so leer und hohl? Warum ist seine Haut so trocken und spröde? Warum ist sein Mund so eingefallen?

Unsinn! Das alles ist ein Trugbild. Ist vielleicht die Zukunft, aber nicht die Realität! Sein Mund hat ihr von Anfang an gefallen. Fast weiblich und trotzdem sehr entschlossen, fein gezogene Linien und doch breit und wulstig. Sein ergrautes Haar hatte ihr nie etwas ausgemacht. Im Gegenteil, es verlieh ihm die unterschwellige Eleganz erfahrungsreicher Überlegenheit, insbesondere wenn er einen seiner dunklen und gut sitzenden Anzüge trug. Sein Körper war für sein Alter ausgesprochen muskulös. Aus seinen Augen hatte immer das pure Leben gesprüht. Sie glühten jetzt noch nach von dieser unbeschreiblichen Ekstase der letzten Stunden.

Aber sie hatte sich einen Moment vor ihm geekelt. Einen verdammt langen Moment. Würde er wiederkommen? Er würde ganz sicher wiederkommen! Früher oder später. Sie wusste nicht mehr, was sie denken sollte. Alles in ihrem Kopf schien durcheinander geraten zu sein. Der Blutstrom unter ihrem Venushügel versiegte so plötzlich, wie er gekommen war. Sie will nur noch weg, lässt ihn stehen, ergreift den Mantel, der immer noch auf dem gepflegten Parkettboden liegt, und flieht aus den Räumen, in denen sie so glücklich war wie nie zuvor in ihrem Leben. Zu ihrer Überraschung hält er sie nicht auf, fragt nicht einmal, wieso sie so schnell und so unverhofft seine Wohnung verlässt. Vielleicht bekommt er es auch gar nicht mit, denn er steht nur weiter da und lächelt dieses seltsam vereiste Lächeln aus einer anderen Welt.

Bisher im FRISCH-TEXTE-Verlag erschienen

Unser Horsthausen 978-3-933059-00-0
Rudolf Eistermann, ua
Aus dem Bauch des Tango 978-3-933059-01-7
Arnold Voß, Brigitte Kraemer (Fotos)
Boshaftes mit Liebe 978-3-933059-02-4
Wolfgang Viehweger
Spur der Kohle 978-3-933059-03-1
Wolfgang Viehweger
Bildgedichte 1 978-3-933059-04-8
Sabine Herrmann (Bilder), Kerstin Schröder (Texte)
Die Maden und andere Stücke 978-3-933059-06-2
Jan Demuth, Martin Kaufold und Ursula Kaufmann
Ein Greenhorn in Alaska 978-3-933059-30-7
Karrasch, Willi
Bloem in Frankreich 978-3-933059-31-4
Heinz Berke
Goethe und kein Ende 978-3-933059-32-1
Heinz Berke
Carl Arnold Kortum 978-3-933059-33-8
Ruth Fritsch
Exzellenter Sprachgebrauch 978-3-933059-34-5
Hermann Frietsch

Pfadfinder der Freiheit 978-3-933059-35-2
Otto Eugen Ernst
Aloe Vera-Die Kraft der Natur 978-3-933059-36-9
Anja Schleußner
Vom Breitensport zum Weltrekord 978-3-933059-37-6
Günther W. H. Detlof
Viel mehr als nur ein Spiel 978-3-933059-38-3
Ralf Piorr
Das CESA-Konzept 978-3-933059-39-0
Christoph Heise, Edgar Neufeld,Stefan Postert, Arnold Voß
Westfalia Herne · Westmeister 1959 978-3-933059-08-6
Piorr-Schiweck

weitere Titel in Vorbereitung